Kleine Erzähler-Bibliothek

Nikolai Wassiljewitsch Gogol (1809–1852)

Nikolai W. Gogol

Tagebuch eines Wahnsinnigen

Erzählungen

Neu übersetzt und mit einem Nachwort versehen von Kay Borowsky

Martus Verlag München

Die Übersetzung folgt der Ausgabe:
Nikolai W. Gogol, Werke in sieben Bänden,
Verlag »Schöne Literatur«, Moskau 1966–67.

2. Auflage 2003

Gesetzt aus der Bembo Antiqua
Satz, Druck, Binden: Kösel Kempten
Printed in Germany
ISBN 3-928606-17-4

Inhalt

Die Nase
7
Der Mantel
54
Tagebuch eines
Wahnsinnigen
111

Nachwort
153

Die Nase

I

Am 25. des Monats März trug sich in Petersburg eine äußerst merkwürdige Begebenheit zu. Der Barbier Iwan Jakowljewitsch, der am Himmelfahrts-Prospekt wohnte (sein Familienname ist nicht erhalten, und selbst das Aushängeschild, auf dem ein Herr mit eingeseifter Wange abgebildet ist, mit der Inschrift: »Hier wird auch zur Ader gelassen«, vermerkt ihn nicht) – der Barbier Iwan Jakowljewitsch also erwachte ziemlich früh und sog den Duft warmen Brotes ein. Er richtete sich ein wenig im Bett auf und sah, daß seine Gattin, eine überaus achtbare Dame, die sehr gern Kaffee trank, das soeben fertiggebackene Brot aus dem Ofen holte.

»Heute, Praskowja Ossipowna, werde ich keinen Kaffee trinken«, sagte Iwan Jakowljewitsch, »stattdessen habe ich Appetit auf frischgebackenes Brot mit Zwiebeln.« (Eigentlich hätte er gern beides gehabt, aber er wußte, daß es ganz unmöglich war, zwei Dinge auf einmal zu verlangen, denn solche Gelüste konnte Praskowja Ossipowna gar nicht leiden.)

»Soll der Dummkopf nur sein Brot essen, um so

besser für mich«, dachte die Frau Gemahlin bei sich selbst, »dann bleibt eine Portion Kaffee übrig«, und sie warf einen Laib Brot auf den Tisch.

Iwan Jakowljewitsch zog aus Anstand einen Frack über das Hemd, setzte sich an den Tisch, schüttete Salz auf, putzte zwei Zwiebelköpfchen, nahm das Messer in die Hand und begann mit wichtiger Miene das Brot zu schneiden. Nachdem er es in zwei Hälften zerschnitten hatte, blickte er ins Innere und gewahrte dort zu seinem Erstaunen etwas weißlich Schimmerndes. Vorsichtig bohrte er mit dem Messer nach und befühlte es mit dem Finger. »Ziemlich fest!« sagte er zu sich selbst, »was mag das wohl sein?«

Er fuhr mit dem Finger noch tiefer hinein und zog eine – Nase heraus!... Iwan Jakowljewitsch wollten die Hände sinken; er rieb sich die Augen, betastete das Ding noch einmal: eine Nase, wahrhaftig eine Nase. Und es schien ihm sogar, als wäre sie ihm bekannt. Entsetzen malte sich auf seinem Gesicht. Doch dieses Entsetzen war nichts im Vergleich zu der Empörung, von der seine Gattin ergriffen wurde.

»Wem hast du, Viehstück, diese Nase abgeschnitten?« schrie sie wütend. »Du Gauner! Du Trunkenbold! Ich selbst werde dich bei der Polizei anzeigen. So ein Spitzbube! Ich hab' schon von drei Seiten gehört, daß du beim Rasieren so stark an den Nasen zerrst, daß sie fast abreißen.«

Aber Iwan Jakowljewitsch war ohnehin weder tot noch lebendig. Er hatte erkannt, daß diese Nase niemand anderem gehörte als dem Kollegienassessor Kowaljow, den er jeden Mittwoch und Sonntag zu rasieren pflegte.

»Laß es gut sein, Praskowja Ossipowna! Ich wickle sie in ein kleines Läppchen und lege sie in die Ecke; mag sie dort eine Weile liegen; später schaffe ich sie dann hinaus.«

»Kommt nicht in Frage! So weit käme es noch, daß in meinem Zimmer eine abgeschnittene Nase herumliegt!... Du vertrockneter Zwieback! Mit dem Rasiermesser überm Riemen hin und her fahren, das ist alles, was du kannst. Wirst wohl bald deinen Pflichten überhaupt nicht mehr nachkommen können, du liederlicher Mensch, du Taugenichts! Soll ich mich etwa für dich bei der Polizei verantworten?... Du Schmutzfink, du Holzklotz! Hinaus damit! Hinaus! Trag sie, wohin du willst! Daß sie mir nicht mehr vor die Augen kommt!«

Iwan Jakowljewitsch stand da wie erschlagen. Er dachte und dachte – und wußte nicht weiter. »Weiß der Teufel, wie das gekommen ist«, sagte er schließlich und kratzte sich hinterm Ohr. »Ob ich gestern betrunken heimgekommen bin oder nicht, kann ich einfach nicht mehr genau sagen. Aber nach allen Anzeichen zu schließen, muß dies doch ein ganz rätselhafter Vorfall sein, denn Brot ist schließlich etwas Gebackenes, eine Nase aber ist doch etwas völlig anderes. Ich begreife überhaupt nichts mehr! ...«

Iwan Jakowljewitsch verstummte. Der Gedanke, daß die Polizei bei ihm die Nase finden und ihn gerichtlich belangen könnte, brachte ihn völlig um den Verstand. Schon erschien ihm ein roter, schön mit Silber verzierter Kragen, ein Degen... und er zitterte am ganzen Körper. Schließlich kramte er sein Unterzeug und seine Stiefel hervor, zog sich diesen ganzen Plunder an, wickelte die Nase in einen Lappen und ging, von Praskowja Ossipownas lautstarken Ermahnungen begleitet, auf die Straße hinaus.

Er wollte die Nase irgendwo ablegen, unter den Prellstein vor einem Haustor zum Beispiel, oder sie wie aus Versehen fallen lassen und dann schnell in eine Seitengasse einbiegen. Aber zu seinem Pech traf er jedesmal irgendeinen Bekannten, der ihn sofort auszufragen begann: »Wohin gehst du?« oder: »Wen willst du denn so früh rasieren?«, so daß Iwan Jakowljewitsch den günstigen Moment einfach nicht finden konnte. Ein anderes Mal hatte er die Nase schon fallen gelassen, als ein Stadtwächter mit der Hellebarde bereits von weitem darauf wies und ihm zurief: »Heb's auf, du hast was verloren!« Und Iwan Jakowljewitsch mußte die Nase aufheben und sie in die Tasche stecken. Verzweiflung überkam ihn, zumal die Straßen sich immer stärker belebten, je mehr Geschäfte und Läden geöffnet wurden.

Er beschloß, zur Isaaksbrücke zu gehen – vielleicht würde es ihm gelingen, sie in die Newa zu werfen... Aber ich muß den Leser um Entschuldigung bitten, denn ich habe über Iwan Jakowljewitsch, einen in vieler Hinsicht ehrenwerten Mann, bis jetzt noch gar nichts gesagt.

Iwan Jakowljewitsch war, wie jeder anständige russische Handwerker, ein schrecklicher Säufer, und obgleich er täglich fremde Bärte rasierte, blieb er doch selbst ewig unrasiert. Sein Frack (einen Gehrock trug er nie) war scheckig, das heißt eigentlich war er schwarz, aber bräunlich-gelb und grau gesprenkelt; der Kragen glänzte speckig, und anstelle der drei Knöpfe hingen nur noch die Fäden herab. Iwan Jakowljewitsch war ein großer Zyniker, und wenn ihm der Kollegienassessor Kowaljow beim Rasieren wie gewöhnlich sagte: »Deine Hände, Iwan Jakowljewitsch, stinken aber auch immer!«, dann fragte er zurück: »Woher sollen sie denn stinken?« – »Das weiß ich nicht, mein Guter, jedenfalls stinken sie«, pflegte dann der Kollegienassessor zu erwidern, und Iwan Jakowljewitsch nahm eine Prise Tabak, schnupfte und seifte ihn dafür auf der Wange, unter der Nase, hinter dem Ohr und unter dem Kinn ein – mit einem Wort, überall dort, wo er gerade Lust hatte.

Inzwischen befand sich dieser ehrenwerte Bürger auf der Isaaksbrücke. Zuerst einmal sah er sich nach allen Seiten um. Dann beugte er sich übers Geländer, wie wenn er unter der Brücke nach etwa dort schwimmenden Fischen schauen wollte, und nun warf er verstohlen den Lappen mit der Nase ins Wasser. Ihm war, als fiele eine Zentnerlast von seinen Schultern; er lächelte sogar. Und statt allerlei Beamten das Kinn rasieren zu gehen, schlug er den Weg zu einer Gastwirtschaft mit dem Aushängeschild »Speisen und Tee« ein, um ein Glas Punsch zu trinken, als er plötzlich am Ende der Brücke einen Reviervorsteher erblickte, eine stattliche Erscheinung, mit breitem Backenbart, Dreispitz und Degen. Er erstarrte; der Reviervorsteher winkte ihn unterdessen mit dem Finger zu sich heran und sagte: »Komm doch mal her, mein Lieber!«

Iwan Jakowljewitsch, der die Formen des Anstands kannte, zog schon von weitem seine Mütze, trat eilfertig auf ihn zu und sagte: »Ich wünsche Euer Wohlgeboren Gesundheit!«

»Nein, nein, mein Bester, nichts da von ›Wohlgeboren‹ – sag mir lieber, was hast du dort auf der Brücke gemacht?«

»Bei Gott, mein Herr, ich ging jemanden rasieren und hab' nur mal geguckt, wie schnell der Fluß fließt.«

»Du lügst, du lügst! Versuch nicht, dich herauszureden. Antworte auf meine Frage!«

»Ich bin auch bereit, Euer Gnaden zweimal in der Woche, ja sogar dreimal ohne Murren zu rasieren«, antwortete Iwan Jakowljewitsch.

»Nein, mein Freund, das verfängt bei mir nicht! Ich habe schon drei Barbiere, die mich rasieren und die dies obendrein als eine große Ehre ansehen. Jetzt erzähl gefälligst, was du dort gemacht hast!«

Iwan Jakowljewitsch erbleichte... Aber hier wird die Geschichte völlig in Nebel gehüllt, und was weiter geschah, ist gänzlich unbekannt.

2

Der Kollegienassessor Kowaljow wachte ziemlich früh auf und machte mit den Lippen: »Brr...«, was er immer tat, wenn er aufwachte, obwohl er selbst nicht erklären konnte, aus welchem Grund. Kowaljow streckte sich und ließ sich vom Tisch einen kleinen Spiegel geben. Er wollte sich den Pickel ansehen, der sich ihm gestern abend auf die Nase gesetzt hatte; zu seinem größten Erstaunen aber gewahrte er dort, wo sich sonst die Nase befand, eine völlig glatte Stelle! Tief erschrocken ließ sich Kowaljow Wasser geben und rieb sich mit einem Handtuch die Augen aus – tatsächlich, die Nase war weg! Er befühlte die Stelle mit den Fingern, um festzustellen, ob er nicht träume; nein, wie es schien, träumte er nicht. Der Kollegienassessor Kowaljow sprang aus dem Bett und schüttelte sich – die Nase wollte sich nicht einstellen!... Sofort verlangte er nach seinen Kleidern, zog sich an und eilte unverzüglich zum Oberpolizeimeister.

Nun muß ich aber in der Zwischenzeit unbedingt etwas über Kowaljow sagen, damit der Leser sich ein Bild von ihm machen kann. Die Kollegienassessoren, die diesen Titel aufgrund von Zeugnissen über ihren hohen Bildungsgrad erlangen, kann man in keiner Weise mit jenen vergleichen, die im Kaukasus zu solchen ernannt werden. Das sind zwei gänzlich verschiedene Kategorien. Gebildete Kollegienassessoren ... Doch Rußland ist ein so merkwürdiges Land, daß alles, was man über einen bestimmten Kollegienassessor sagt, von jedem anderen Kollegienassessor zwischen Riga und Kamtschatka unvermeidlich auf sich bezogen wird. Und das gilt auch für alle anderen Titel und Ränge. Kowaljow war ein »kaukasischer« Kollegienassessor. Diesen Titel führte er erst seit zwei Jahren und konnte ihn deshalb auch keinen Augenblick vergessen; um ihm aber noch mehr Gewicht und Würde zu verleihen, nannte er sich niemals einfach Kollegienassessor, sondern stets Major. »Höre mal, mein Täubchen«, pflegte er zu sagen, wenn er auf der Straße ein altes Weib traf, das Vorhemden verkaufte, »komm doch zu mir ins Haus; ich wohne in der Sadowaja. Frag einfach: wohnt hier Major Kowaljow? – und jeder zeigt es dir.« Traf er aber irgendein hübsches Gesichtchen, so gab er ihr einen geheimen Auftrag und fügte hinzu: »Frag nach der

Wohnung des Major Kowaljow, mein Herzchen.« Deshalb wollen auch wir diesen Kollegienassessor von nun an Major nennen.

Major Kowaljow hatte die Angewohnheit, jeden Tag auf dem Newskij Prospekt spazierenzugehen. Sein Hemdkragen war immer makellos rein und gestärkt. Sein Backenbart war von der Art, wie man ihn auch heute noch bei den Gouvernements- und Kreislandmessern, bei den Architekten und Regimentsärzten sehen kann, und auch bei Leuten, die verschiedene Polizeidienste ausüben, sowie überhaupt bei all den Männern, die volle rote Bakken haben und ausgezeichnete Bostonspieler sind; diese Backenbärte gehen bis zur Mitte der Wange und dann schnurgerade bis zur Nase. Major Kowaljow trug eine Menge Petschaften aus Karneol an einer Kette, solche mit Wappen und solche, auf denen *Mittwoch, Donnerstag, Montag* usw. eingraviert war. Major Kowaljow war nach Petersburg gekommen auf der Suche nach einer seinem Rang entsprechenden Stelle – wenn es gelang, wollte er Vizegouverneur werden, wenn nicht, dann wenigstens Exekutor in einem angesehenen Departement. Auch zu heiraten war Major Kowaljow nicht abgeneigt, aber nur dann, wenn die Braut ein Kapital von zweihunderttausend Rubeln in die Ehe einbringen würde. Und so kann nun der Leser selbst ermessen, in was für einer Lage sich der Major Kowaljow befand, als er anstelle seiner gar nicht so üblen und mäßiggroßen Nase eine höchst dumme, ebene und glatte Stelle vorfand.

Zu seinem Pech zeigte sich auf der Straße keine einzige Droschke, und so mußte er zu Fuß gehen; er hüllte sich in seinen Mantel und hielt sich das Taschentuch vors Gesicht, als hätte er Nasenbluten. »Aber vielleicht kam es mir auch nur so vor, es kann doch nicht sein, daß einem einfach mir nichts dir nichts die Nase abhanden kommt«, dachte er und betrat eine Konditorei nur zu dem Zweck, um in den Spiegel zu schauen. Zum Glück war niemand anwesend; nur die Lehrjungen fegten die Fußböden und rückten dic Stühle zurecht; einige brachten mit verschlafenen Augen Tabletts mit heißen Pastetchen heraus; auf Tischen und Stühlen lagen, voller Kaffeeflecken, die gestrigen Zeitungen herum. »Na, Gott sei Dank, es ist niemand da«, sagte er, »jetzt kann ich mal nachschauen.« Zaghaft trat er vor den Spiegel und sah hinein. »So ein Unfug, weiß der Teufel!« stieß er hervor und spuckte aus. »Wenn doch statt der Nase wenigstens etwas anderes da wäre, aber nein – rein gar nichts!...«

Vor Verdruß biß er sich auf die Lippen, verließ die Konditorei und beschloß, gegen seine Gewohnheit, niemanden anzusehen und niemandem zuzulächeln. Plötzlich blieb er an der Tür eines Hauses wie angewurzelt stehen, seinen Augen bot sich ein unerklärlicher Anblick: An der Auffahrt hielt eine Equipage, der Wagenschlag öffnete sich, und ein

Herr in Uniform sprang, leicht gebückt, heraus und eilte die Treppe hinauf. Wie groß aber war Kowaljows Erstaunen, ja Entsetzen, als er erkannte, daß das niemand anders war als – seine eigene Nase! Bei diesem ungewöhnlichen Schauspiel drehte sich ihm alles vor den Augen; er fühlte, daß er sich kaum noch auf den Beinen halten konnte, beschloß aber, um jeden Preis ihre Rückkehr abzuwarten, obwohl er wie im Fieber zitterte. Nach zwei Minuten kam die Nase tatsächlich wieder heraus. Sie steckte in einer goldbestickten Uniform mit hohem Stehkragen, hatte sämischlederne Hosen an und einen Degen an der Seite. Der federgeschmückte Hut ließ darauf schließen, daß sie im Rang eines Staatsrates stand. Aus all dem war ersichtlich, daß sie auf Visite war. Sie blickte sich nach beiden Seiten um, rief dem Kutscher zu: »Vorfahren!«, nahm Platz und fuhr davon.

Der arme Kowaljow verlor fast den Verstand. Er wußte nicht, was er von diesem seltsamen Vorfall halten sollte. Wie war es denn möglich, daß die Nase, die sich gestern noch in seinem Gesicht befunden hatte und die weder gehen noch fahren konnte, jetzt gar in Uniform auftrat! Er lief hinter der Equipage her, die zum Glück nicht weit fuhr und vor der Kasaner Kathedrale anhielt.

Er eilte dorthin, drängte sich durch die Reihe der Bettelweiber, in deren verhüllten Gesichtern nur zwei Öffnungen für die Augen frei blieben, worüber er früher so gelacht hatte, und betrat die Kirche. Betende gab es im Innern nur wenige; die meisten standen beim Eingang, an der Tür. Kowaljow befand sich in einem derart verwirrten Zustand, daß ihm die Kraft zum Beten fehlte und er immer nur in allen Ecken nach jenem Herrn Ausschau hielt. Schließlich erblickte er ihn, er stand ein wenig abseits. Die Nase hatte ihr Gesicht völlig hinter einem hohen Stehkragen verborgen und betete mit dem Ausdruck größter Frömmigkeit.

»Wie komme ich nur an ihn heran?« dachte Kowaljow. »Die Uniform, der Hut, alles verrät, daß er Staatsrat ist. Weiß der Teufel, wie das gehen soll!«

Er begann, neben ihr zu hüsteln, doch die Nase gab ihre andächtige Haltung nicht auf und verneigte sich weiterhin vor den Heiligenbildern.

»Sehr verehrter Herr...«, sagte Kowaljow und gab sich einen Ruck, »sehr verehrter Herr...«

»Was wünschen Sie?« antwortete die Nase und wandte sich ihm zu.

»Ich finde es merkwürdig, verehrter Herr... Mir scheint... Sie sollten immerhin wissen, wo Sie hingehören. Und da entdecke ich Sie plötzlich, und zwar wo? In einer Kirche. Sie müssen zugeben...«

»Entschuldigen Sie, aber ich erfasse nicht ganz den Sinn dessen, wovon Sie zu reden belieben... Bitte erklären Sie sich deutlicher.«

»Wie soll ich ihm das nur erklären?« dachte Kowaljow, und dann faßte er sich ein Herz und begann:

»Sicher, ich... übrigens bin ich Major. Sie werden mit mir übereinstimmen, daß es sich nicht schickt, ohne Nase herumzulaufen. Einer Händlerin, die auf der Himmelfahrtsbrücke geschälte Apfelsinen verkauft, mag ohne Nase ja nichts abgehen; aber wenn man eine Stelle... außerdem in vielen Salons mit Damen der Gesellschaft verkehrt, mit der Staatsrätin Tschechtarjowa und mit anderen... Urteilen Sie selbst... Ich weiß nicht, sehr verehrter Herr (hierbei zuckte Major Kowaljow mit den Schultern)... Verzeihen Sie... aber wenn man die Sache nach den Grundsätzen von Pflicht und Ehre betrachtet... Sie werden selber begreifen...«

»Ich begreife wirklich nicht das geringste«, erwiderte die Nase. »Sie müssen sich schon deutlicher erklären.«

»Sehr verehrter Herr...«, sagte Kowaljow durchaus selbstbewußt, »ich weiß nicht, wie ich Ihre Worte verstehen soll... Die Sache liegt doch klar auf der Hand... Oder wollen Sie etwa... Aber Sie sind doch meine eigene Nase!«

Die Nase blickte auf den Major, und ihre Brauen zogen sich leicht zusammen.

»Sie irren sich, sehr verehrter Herr. Ich bin ich selbst. Und von engeren Beziehungen zwischen Ihnen und mir kann überhaupt nicht die Rede sein. Nach den Knöpfen Ihrer Uniform zu urteilen, stehen Sie in einem ganz anderen Ressort in Dienst.«

Nachdem sie dies gesprochen hatte, wandte sich die Nase um und betete weiter.

Kowaljow wurde nun ganz verwirrt und wußte nicht, was er tun, und nicht einmal, was er denken sollte. Da vernahm er das angenehme Rascheln eines Damenkleides; ganz im Schmuck ihrer Spitzen näherte sich ihm eine ältere Dame, und mit ihr eine zierliche Gestalt in einem weißen Kleid, das auf entzückende Weise ihre schmale Taille zur Geltung brachte; auch trug sie ein strohgelbes, leicht wie ein Schaumtörtchen obenauf schwebendes Hütchen. Hinter ihnen nahm ein baumlanger Heiduck Aufstellung, mit einem gewaltigen Backenbart und einem ganzen Dutzend Kragen und öffnete seine Tabaksdose.

Kowaljow trat näher heran, zog den Batistkragen seines Hemdes zurecht, brachte seine an einem goldenen Kettchen hängenden Petschaften in Ordnung und richtete, nach allen Seiten lächelnd, sein Augenmerk auf die federleichte Dame, die sich, einer Frühlingsblume gleich, zierlich vorneigte und ihr weißes Händchen mit den fast durchsichtigen Fingern zur Stirn führte. Das Lächeln auf Kowaljows Gesicht strahlte noch mehr, als er unter dem Hütchen ihr rundliches, blendend weißes kleines Kinn und ein wenig von der Wange erblickte, die in der Farbe der ersten Frühlingsrose leuchtete. Doch plötzlich sprang er zurück, als hätte er sich verbrannt. Es fiel ihm ein, daß anstelle seiner Nase absolut nichts war, und Tränen drangen aus seinen Augen. Er wandte sich um, in der Absicht, jenem Herrn in Uniform direkt ins Gesicht zu sagen, daß er sich nur als Staatsrat aufspiele, daß er ein Schwindler, ein Schuft und weiter nichts sei als seine, Kowaljows, Nase... Doch die Nase war schon fort; wahrscheinlich war sie bereits wieder zu irgendeiner Visite geeilt.

Das versetzte Kowaljow in tiefe Verzweiflung. Er ging zurück, verharrte einen Augenblick unter den Kolonnaden und spähte aufmerksam nach allen Seiten, ob nicht irgendwo die Nase auftauchen würde. Er erinnerte sich genau daran, daß sie einen Hut mit Federn getragen hatte und daß ihre Uniform goldbestickt war; aber weder ihren Mantel noch die Farbe ihrer Equipage und der Pferde hatte er sich gemerkt, und auch nicht, ob hinten ein Lakai gestanden hatte und was für eine Livree er trug. Überdies rollten so viele Equipagen in beiden Richtungen so rasch dahin, daß es schwierig war, eine bestimmte auszumachen; und selbst, wenn ihm das gelungen wäre, hätte er sie unmöglich anhalten können.

Es war ein wunderschöner, sonniger Tag. Der Newskij war voller Menschen; ein bunter Wasserfall von Damen ergoß sich über die ganze Breite des Bürgersteigs, von der Polizei- bis zur Anitschkow-Brücke. Da spaziert ganz in der Nähe der ihm bekannte Hofrat, den er, besonders in Gegenwart von Fremden, »Oberstleutnant« zu nennen pflegt. Und dort Jaryschkin, der Bürovorsteher im Senat, sein großer Freund, der beim Bostonspiel immer verliert. Und da drüben winkt ein anderer Major, der seinen Assessortitel im Kaukasus erworben hat, mit der Hand, daß er zu ihm kommen solle...

»Ach, hol's der Teufel!« sagte Kowaljow. »He, Kutscher, fahr mich direkt zum Oberpolizeimeister!«

Kowaljow setzte sich in die Droschke und schrie auf den Kutscher ein: »Los, fahr was das Zeug hält!«

»Ist der Oberpolizeimeister zu Hause!« rief er, als er in den Flur trat.

»Nein, er ist nicht zu Hause«, antwortete der Türsteher, »er ist soeben weggefahren.«

»Da haben wir die Bescherung!«

»Ja«, fügte der Türsteher hinzu, »so lange ist es gar nicht her, aber jetzt ist er fort. Ein bißchen früher, und Sie hätten ihn vielleicht noch angetroffen.«

Ohne das Tuch vom Gesicht zu nehmen, setzte sich Kowaljow wieder in die Droschke und schrie mit verzweifelter Stimme:

»Los!«

»Wohin?« fragte der Kutscher.

»Geradeaus!«

»Wie – geradeaus? Hier ist eine Kreuzung: nach rechts oder nach links?«

Diese Frage brachte Kowaljow zur Besinnung und zwang ihn zu neuerlichem Nachdenken. In seiner Lage mußte er sich vor allem an das Amt für öffentliche Ordnung wenden. Nicht etwa, weil diese Behörde direkt mit der Polizei zu tun gehabt hätte, sondern weil sie ihre Entscheidungen viel rascher treffen konnte als andere Dienststellen. Ganz sinnlos wäre es dagegen gewesen, sich bei der Behörde Genugtuung verschaffen zu wollen, bei der die Nase erklärtermaßen in Diensten stand. Denn schon aus den Antworten der Nase war deutlich herauszuhören gewesen, daß ihr nichts heilig war und sie in diesem Fall genauso lügen würde, wie sie es getan hatte, als sie behauptete, ihn nie gesehen zu haben. Und so wollte Kowaljow dem Kutscher schon den Befehl geben, zum Amt für öffentliche Ordnung zu fahren, als ihm wieder der Gedanke kam, daß dieser Spitzbube und Betrüger, der sich schon bei der ersten Begegnung so gewissenlos verhalten hatte, die Zeit nützen und irgendwie aus der Stadt verschwinden könnte – und dann wäre alles Suchen vergebens oder könnte sogar, was Gott verhüten möge, einen ganzen Monat dauern. Schließlich schien ihm der Himmel selbst die Erleuchtung zu bringen. Er beschloß, sich umgehend an die Inseratenabteilung einer Zeitung zu wenden, um noch rechtzeitig eine Anzeige mit der genauen Beschreibung aller ihrer Eigenschaften aufzugeben, damit jeder, der ihr begegnete, sie ihm sofort zustellen oder ihm wenigstens ihren Aufenthaltsort mitteilen könne.

Nachdem er diesen Entschluß gefaßt hatte, befahl er dem Kutscher, zur Inseratenabteilung zu fahren, und stieß ihn während der ganzen Fahrt mit der Faust in den Rücken, indem er ihn antrieb: »Schneller, du Gauner! Schneller, du Lump!« – »Herrje, gnädiger Herr!« brummte der Kutscher, immer wieder den Kopf schüttelnd und schlug mit der Leine auf sein Pferd ein, dessen Fell so lang gewachsen war wie bei einem Bologneserhündchen. Schließlich hielt die Droschke, und Kowaljow stürzte atemlos in das kleine Empfangszimmer, wo ein grauhaariger Beamter in einem alten Frack und mit einer Brille auf der Nase an einem Tisch saß und, die Feder zwischen den Zähnen, das Kleingeld zählte.

»Wer nimmt hier Anzeigen entgegen?« rief Kowaljow. »Ah, guten Tag!«

»Habe die Ehre«, sagte der grauhaarige Beamte und hob kurz die Augen, um sie gleich wieder auf das aufgehäufte Geld zu senken.

»Ich will eine Anzeige drucken lassen...«

»Bitte sich um ein weniges zu gedulden«, sagte der Beamte, während er mit der rechten Hand eine Zahl aufs Papier schrieb und mit den Fingern der linken zwei Kugeln auf dem Rechenbrett verschob.

Ein betreßter Lakai, dessen Äußeres seine Zugehörigkeit zu einem aristokratischen Hause verriet, stand mit einem Zettel in der Hand neben dem Tisch und hielt es für angebracht, sich mitteilsam zu zeigen: »Glauben Sie mir, mein Herr, das Hündchen ist keine achtzig Kopeken wert, ich selber würde keine acht dafür geben; aber die Gräfin liebt es dermaßen, kann ich Ihnen sagen, daß sie dem, der es findet, hundert Rubel gibt! Seien wir doch ehrlich: Über Geschmack läßt sich nicht streiten. Wenn du schon mal ein Hundeliebhaber bist, dann halte dir einen Hühnerhund oder einen Pudel, und dann darf's auf fünfhundert oder tausend Rubel nicht ankommen – aber dann muß der Hund auch was darstellen.«

Der würdige Beamte hörte dies mit bedeutungsvoller Miene an und überschlug zugleich, wieviele Buchstaben der mitgebrachte Zettel enthielt. Auf beiden Seiten wartete eine Menge alter Frauen, Handlungsgehilfen und Hausknechte mit ihren Zetteln. Auf einem wurde ein Kutscher mit nüchternem Lebenswandel zu anderweitigem Dienst angeboten; auf einem anderen eine im Jahre 1814 aus Paris mitgebrachte Kutsche in gutem Zustand; ferner wurde eine Stelle für ein neunzehnjähriges Mädchen aus dem Hofgesinde gesucht, das Übung im Wäschewaschen und in anderer Arbeit hatte; eine solide Droschke ohne Federn; ein feuriger, junger Apfelschimmel, siebzehn Jahre alt; frischer, soeben aus London importierter Rettich- und Radieschensamen; eine Datscha mit allem Komfort, zwei

Pferdeställen und einem Stück Grund, auf dem man einen herrlichen Birken- oder Tannenhain anlegen könne; auch wurden all jene, die alte Stiefelsohlen benötigten, aufgefordert, sich täglich zwischen acht und drei Uhr bei der Versteigerung einzufinden. Das Zimmer, in dem sich diese ganze Gesellschaft aufhielt, war recht klein, und die Luft war äußerst stickig; doch der Kollegienassessor Kowaljow konnte Gerüche nicht wahrnehmen, weil er sein Taschentuch vors Gesicht hielt und weil sich seine Nase selbst Gott weiß wo herumtrieb.

»Sehr geehrter Herr, erlauben Sie die Frage ... Es ist sehr dringend«, sagte er schließlich ungeduldig.

»Sofort, sofort!« Zwei Rubel dreiundvierzig Kopeken! Einen Augenblick! Einen Rubel vierundsechzig Kopeken!« verkündete der grauhaarige Herr und warf den alten Frauen und Hausknechten die Zettel ins Gesicht. »Was wünschen Sie?« wandte er sich schließlich an Kowaljow.

»Ich möchte Sie bitten ...«, sagte Kowaljow. »Man hat mich begaunert oder mir einen üblen Streich gespielt – was es genau ist, konnte ich bis jetzt nicht feststellen. Ich wünsche nur zu inserieren, daß derjenige, der mir diesen Lumpen herbeischafft, eine angemessene Belohnung erhält.«

»Darf ich Ihren Familiennamen erfahren?«

»Aber nein, wozu denn meinen Familiennamen? Den kann ich nicht nennen. Ich habe viele Bekannte: die Staatsrätin Tschechtarjowa, die Stabsoffiziersgattin Pelageja Grigorjewna Podtotschina ... Gott behüte, auf einmal erfahren sie davon! Sie könnten doch einfach schreiben: ein Kollegienassessor, oder, noch besser: einer, der sich im Majorsrange befindet.«

»Und der Entlaufene war Ihr Diener?«

»Was für ein Diener? Das wäre ja noch nicht so schlimm! Entlaufen ist mir ... die Nase ...«

»Hm! Ein sonderbarer Familienname. Und hat Ihnen dieser Herr Nase eine größere Summe gestohlen?«

»Herr Nase? ... Sie haben mich falsch verstanden! Meine Nase, meine eigene Nase ist abhanden gekommen und ich weiß nicht wohin. Der Teufel wollte sich einen Spaß mit mir machen!«

»Aber wie ist sie denn verschwunden? Ich kann Sie nicht ganz verstehen.«

»Wie, das kann ich selber nicht sagen; die Hauptsache aber ist, daß sie jetzt in der Stadt herumfährt und sich als Staatsrat ausgibt. Und deshalb bitte ich Sie zu inserieren, daß derjenige, der sie einfängt, sie mir auf dem schnellstmöglichen Wege unverzüglich zustellen soll. Urteilen Sie doch selbst: Wie kann ich ohne einen so auffälligen Körperteil auskommen? Es handelt sich schließlich nicht um den kleinen Zeh – den steckt man einfach in den Stiefel, und niemand sieht, daß er fehlt. Ich pflege donnerstags die Staatsrätin Tschechtarjowa zu besuchen; auch die Stabsoffiziersgattin Pelageja Grigorjewna

Podtotschina und ihr sehr hübsches Töchterchen gehören zu meinen guten Bekannten; sagen Sie selbst, es ist mir jetzt doch völlig unmöglich ... ich kann mich dort doch nicht mehr blicken lassen.«

Der Beamte versank in Nachdenken, was man seinen zusammengepreßten Lippen ansehen konnte.

»Nein, eine solche Anzeige kann ich nicht in die Zeitung aufnehmen«, sagte er schließlich nach langem Schweigen.

»Wie? Weshalb denn nicht?«

»Weil die Zeitung ihre Reputation verlieren könnte. Wenn jeder inserieren würde, daß ihm seine Nase davongelaufen ist, dann ... Es heißt sowieso schon, daß alle möglichen Ungereimtheiten und falschen Gerüchte gedruckt würden.«

»Aber wieso ist diese Sache denn ungereimt? Hier liegt doch, wie mir scheint, nichts dergleichen vor.«

»Das scheint Ihnen nur so. Vorige Woche zum Beispiel hatten wir einen ähnlichen Fall. Da stürzt ein Beamter, geradeso wie Sie jetzt, herein, bringt einen Zettel, die Rechnung macht zwei Rubel dreiundsiebzig Kopeken, und die ganze Anzeige besteht darin, daß ein schwarzhaariger Pudel entlaufen sei. Sie werden sagen: Was ist schon dabei? Heraus kam aber ein Pasquill: Der Pudel war nämlich der Kassier, ich weiß nicht mehr, von welcher Dienststelle.«

»Aber ich gebe doch keine Anzeige über einen Pudel auf, sondern über meine eigene Nase. Das ist doch fast dasselbe, wie über mich selbst.«

»Nein, eine solche Anzeige kann ich unmöglich bringen.«

»Aber wenn mir doch meine Nase abhanden gekommen ist!«

»Wenn sie abhanden gekommen ist, dann fällt das in den Zuständigkeitsbereich der Ärzte. Man sagt, es soll Leute geben, die jede beliebige Nase ansetzen können. Im übrigen sehe ich, daß Sie ein Mensch von heiterer Gemütsart sind und sich in Gesellschaft gern einen Scherz erlauben.«

»Ich schwöre Ihnen bei Gott, dem Allmächtigen! Wenn es nun schon mal soweit gekommen ist, muß ich es Ihnen wohl zeigen.«

»Nur keine Aufregung!« fuhr der Beamte fort und nahm eine Prise. »Im übrigen, wenn es Ihnen nicht allzu lästig ist«, fügte er mit einer neugierigen Bewegung hinzu, »würde ich es mir ganz gern einmal ansehen.«

Der Kollegienassessor nahm das Taschentuch vom Gesicht.

»In der Tat, außerordentlich sonderbar!« sagte der Beamte, »die Stelle ist völlig glatt, wie ein frisch gebackener Pfannkuchen. Ja, ganz unwahrscheinlich glatt!«

»Nun, wollen Sie jetzt immer noch mit mir herumstreiten? Sie sehen selbst, daß man es unbedingt anzeigen muß. Ich werde mich Ihnen als ganz besonders dankbar erweisen, und ich bin sehr erfreut, daß dieser Vorfall mir das Vergnügen verschafft, Ihre Bekanntschaft zu machen …«

Wie man sieht, entschloß sich der Major sogar zu einer kleinen Schmeichelei.

»Es anzuzeigen ist natürlich keine große Sache«, sagte der Beamte, »nur sehe ich hierbei keinerlei Nutzen für Sie. Wenn Sie aber darauf bestehen, dann geben Sie es doch einem, der eine gewandte Feder führt, damit es als ein seltenes Naturphänomen beschrieben und in der Form eines Artikels in der ›Nordischen Biene‹ veröffentlicht wird (hier nahm er noch eine Prise), zum Nutzen der Jugend (hier wischte er sich die Nase) oder einfach so, zur allgemeinen Unterhaltung.«

Der Kollegienassessor war völlig entmutigt. Seine Augen glitten zum unteren Rand der Zeitung, wo er auf eine Theateranzeige stieß; der Name der hübschen Schauspielerin entlockte ihm schon fast ein Lächeln, und er griff in die Tasche, ob er nicht eine blaue Banknote bei sich hätte, weil nach seiner Ansicht Stabsoffiziere immer in der Loge sitzen mußten; aber der Gedanke an die Nase verdarb ihm alles!

Sogar der Beamte schien durch die schwierige Lage Kowaljows gerührt. Um seinen Kummer ein wenig zu lindern, hielt er es für angebracht, seinem Mitgefühl mit wenigen Worten Ausdruck zu verleihen: »Es tut mir wirklich außerordentlich leid, daß Ihnen eine solche Geschichte widerfahren ist. Darf ich Ihnen eine Prise anbieten? Das vertreibt Kopfschmerz und melancholische Stimmungen; sogar auf Hämorrhoiden hat es eine günstige Wirkung.«

Bei diesen Worten hielt der Beamte Kowaljow die Tabaksdose hin, und dabei drehte er so geschickt den Deckel, daß man das Porträt einer Dame mit Hütchen sah.

Bei dieser unbedachten Handlung riß Kowaljow die Geduld. »Ich verstehe wirklich nicht, wie Sie hierüber noch Scherze machen können«, sagte er in heftigem Zorn, »sehen Sie denn nicht, daß mir gerade das fehlt, was ich zum Schnupfen brauche? Der Teufel soll Ihren Tabak holen! Ich kann jetzt keinen sehen, nicht einmal einen Râpé, ganz zu schweigen von Ihrem abscheulichen Kraut.«

Unter diesen Worten verließ er in äußerster Verärgerung die Anzeigenabteilung und machte sich zum Polizeiinspektor seines Viertels auf, einem außerordentlichen Liebhaber von Zucker. In seiner Wohnung war das ganze Vorzimmer, das zugleich als Speisezimmer diente, mit Zuckerhüten vollgestellt, die ihm befreundete Kaufleute mitbrachten. Die Köchin war gerade dabei, ihm die Dienststiefel auszuziehen; der Degen und alle übrigen militärischen Ausrüstungsgegenstände hingen schon friedlich in ihren Ecken, und mit dem furchteinflößenden

Dreispitz spielte bereits das dreijährige Söhnchen; und er selbst bereitete sich, nach dem Kampfgetümmel eines anstrengenden Tages, darauf vor, die Annehmlichkeiten des häuslichen Friedens zu genießen.

Kowaljow trat eben in dem Augenblick ein, als jener sich ausstreckte, gähnte und sagte: »Ah, jetzt werde ich zwei herrliche Stündchen schlafen!« Und so war vorauszusehen, daß der Kollegienassessor ganz und gar ungelegen kam; und es ist auch nicht sicher, ob er wesentlich freundlicher empfangen worden wäre, wenn er ihm ein paar Pfund Tee oder eine Lage Stoff mitgebracht hätte. Der Inspektor war ein großer Förderer des Handwerks und der Künste, doch eine Banknote zog er allem anderen vor. »Das ist eine Sache!« pflegte er zu sagen, »einfach famos: braucht kein Fressen, nimmt keinen Platz weg, paßt in die Tasche, und wenn sie auf den Boden fällt, zerbricht sie nicht.«

Der Inspektor empfing Kowaljow recht kühl und sagte, daß die Zeit nach dem Mittagessen nicht dazu da sei, Untersuchungen durchzuführen, daß die Natur selbst es so eingerichtet habe, daß man nach dem Essen ein wenig ruhe (woraus der Kollegienassessor ersehen konnte, daß dem Polizeiinspektor die Aussprüche der Weisen des Altertums nicht unbekannt waren), daß man einem anständigen Menschen nicht die Nase abreiße, und daß es auf der Welt alle möglichen Majore gäbe, die nicht einmal ordentliche Unterwäsche hätten und sich an allerlei verdächtigen Orten herumtrieben.

Das war wahrlich nicht durch die Blume gesagt! Hier muß angemerkt werden, daß Kowaljow außerordentlich empfindlich war. Alles, was man über seine Person sagen mochte, konnte er verzeihen, nicht aber, wenn es sich auf Rang oder Stand bezog. Er vertrat sogar die Ansicht, daß man alles, was in Theaterstücken auf Offiziere gemünzt war, noch hinnehmen könne, daß man aber keinesfalls Stabsoffiziere angreifen dürfe. Der Empfang durch den Inspektor brachte ihn derart aus der Fassung, daß er den Kopf schüttelte, die Arme ein wenig ausbreitete und würdevoll äußerte: »Ich gestehe, ich habe diesen Ihren beleidigenden Ausführungen nichts mehr hinzuzufügen« – und hinausging.

Als er zu Hause ankam, spürte er kaum mehr seine Beine. Es dunkelte schon. Seine Wohnung erschien ihm nach all diesen vergeblichen Nachforschungen trübselig, ja widerwärtig. Im Vorzimmer erblickte er seinen Diener Iwan, wie er auf dem fleckigen Ledersofa lag und zur Decke spuckte, wobei er recht geschickt immer dieselbe Stelle traf. Ein derartiger Gleichmut versetzte Kowaljow in Wut; er schlug ihm mit dem Hut über die Stirn und sagte: »Du Schwein machst auch immer nur dummes Zeug!«

Iwan sprang vom Sofa auf und beeilte sich, ihm aus dem Mantel zu helfen.

Der Major ging in sein Zimmer, warf sich müde und traurig in einen Sessel und sprach nach einigem Seufzen zu sich selbst: »Mein Gott! Mein Gott! Womit hab' ich ein solches Unglück verdient? Fehlte mir ein Arm oder ein Bein, es würde nicht so ins Gewicht fallen; hätte ich keine Ohren, wäre das zwar schlimm, aber erträglicher; aber ohne Nase ist ein Mensch, ich weiß nicht was: ein Vogel ist er nicht, ein Bürger ist er nicht – am besten, man wirft ihn zum Fenster hinaus! Hätte ich sie im Krieg eingebüßt oder bei einem Duell, oder wäre ich selbst dran schuld; aber einfach so zu verschwinden, grundlos, für nichts und wieder nichts!... Aber nein, das kann ja nicht sein«, fügte er nach einigem Nachdenken hinzu. »Es ist doch unwahrscheinlich, daß die Nase verschwindet, ganz und gar unwahrscheinlich. So was passiert doch nur im Traum oder in der Phantasie; vielleicht habe ich versehentlich statt Wasser den Wodka getrunken, mit dem ich mir nach dem Rasieren das Kinn einreibe. Iwan, der Dummkopf, wird ihn nicht weggetan haben, und ich habe ihn wohl hinuntergekippt.«

Um sich mit aller Bestimmtheit davon zu überzeugen, daß er nicht betrunken sei, kniff sich der Major so schmerzhaft, daß er aufschrie. Dieser Schmerz gab ihm die Sicherheit, daß all sein Tun und Lassen bei vollem Bewußtsein geschah. Vorsichtig schlich er zum Spiegel und blinzelte zuerst hinein, mit dem Hintergedanken, daß sich die Nase vielleicht doch wieder an ihrem Platz befände; doch im gleichen Augenblick sprang er zurück und rief:

»Was für ein scheußlicher Anblick!«

Und es war in der Tat unbegreiflich. Wenn ein Knopf verlorengegangen wäre, ein silberner Löffel, eine Uhr oder etwas dergleichen; aber was verschwindet? Die Nase, und das in seiner eigenen Wohnung!... Major Kowaljow führte sich alle Umstände vor Augen und hielt es für das Wahrscheinlichste, daß niemand anders daran schuld sein könne als die Stabsoffiziersgattin Podtotschina, deren Wunsch es war, daß er ihre Tochter heirate. Zwar hatte er ihr gerne den Hof gemacht, einer endgültigen Entscheidung aber war er aus dem Wege gegangen. Und als die Stabsoffiziersgattin ihm rundheraus erklärte, sie wolle ihm ihre Tochter zur Frau geben, da wurde er sparsamer mit seinen Komplimenten und führte an, daß er noch zu jung sei und noch fünf Jahre oder so den Dienst versehen müsse, bis er zweiundvierzig sei. Und eben deshalb wohl hatte die Stabsoffiziersgattin den Entschluß gefaßt, ihn zu verderben und sich zu diesem Zweck der Zauberkräfte irgendeines Hexenweibes versichert, denn daß die Nase abgeschnitten worden sei, war nicht anzunehmen; niemand war in seinem Zimmer gewesen, und der Barbier, Iwan Jakowljewitsch, hatte ihn schon am Mittwoch rasiert, und den ganzen Mittwoch und sogar noch am Donnerstag war seine Nase heil gewesen, daran erinnerte er sich, das wußte er ganz genau; außerdem hätte er ja den Schmerz spüren müssen, auch hätte die Wunde nicht so rasch verheilen und glatt sein können wie ein Pfannkuchen. Und er entwarf allerlei Pläne: Sollte er die Stabsoffiziersgattin vor ein Gericht zitieren? Oder sollte er sie aufsuchen und überführen? Seine Überlegungen wurden durch einen Lichtschein unterbrochen, der durch alle Türritzen drang und anzeigte, daß Iwan im Vorzimmer schon die Kerze angezündet hatte. Kurz darauf erschien Iwan selbst und beleuchtete mit der Kerze, die er vor sich hertrug, hell das ganze Zimmer. Kowaljows erste Bewegung galt dem Taschentuch, um jene Stelle zu verdecken, an der noch gestern die Nase gewesen war, damit der Kerl, wenn er an seinem Herrn eine derartige Merkwürdigkeit erblickte, nicht den Maulaffen mache.

Kaum war Iwan wieder in seinem Verschlag verschwunden, als im Vorzimmer eine unbekannte Stimme mit den Worten zu hören war:

»Wohnt hier der Kollegienassessor Kowaljow?«

»Treten Sie ein, der Major Kowaljow ist hier«, sagte Kowaljow, indem er eilig aufsprang und die Tür öffnete.

Herein trat ein Polizeibeamter von stattlichem Äußeren, mit einem nicht zu hellen und nicht zu dunklen Backenbart und recht vollen Wangen, jener nämliche, der zu Beginn unserer Geschichte am Ende der Isaaksbrücke gestanden hatte.

»Beliebten Sie nicht, Ihre Nase zu verlieren?«

»So ist es.«

»Sie hat sich jetzt gefunden.«

»Was sagen Sie da?« rief Major Kowaljow. Vor Freude verschlug es ihm die Sprache. Er starrte den Reviervorsteher an, auf dessen volle Lippen und Backen der zitternde Schein der Kerze fiel. »Und auf welche Weise?«

»Durch einen seltsamen Zufall: Als man sie ergriff, war sie im Begriff abzureisen. Sie bestieg gerade den Reisewagen und wollte nach Riga fahren. Auch einen Paß auf den Namen eines Beamten trug sie offenbar schon länger bei sich. Und merkwürdigerweise habe ich sie selbst anfangs für einen Herrn gehalten. Zum Glück hatte ich meine Brille dabei, und da erkannte ich sofort, daß es eine Nase war. Ich bin nämlich kurzsichtig, und wenn Sie so vor mir stehen, sehe ich nur, daß Sie ein Gesicht haben, erkenne aber weder Ihre Nase noch Ihren Bart, nichts. Meine Schwiegermutter, das heißt die Mutter meiner Frau, die sieht auch nichts.«

Kowaljow war außer sich. »Wo ist sie denn? Wo? Ich will sofort hin.«

»Bemühen Sie sich nicht. Da ich wußte, daß Sie sie brauchen, habe ich sie gleich mitgebracht. Und seltsam, der Hauptbeteiligte in dieser Angelegenheit ist der Spitzbube von Barbier aus der Himmelfahrtsstraße; er sitzt jetzt auf dem Polizeirevier. Ich hatte schon längst den Verdacht, daß er trinkt und stiehlt, erst vorgestern hat er in einem Laden eine Garnitur Knöpfe gestohlen. Ihre Nase ist übrigens noch genau so, wie sie war.«

Mit diesen Worten griff der Reviervorsteher in die Tasche und holte die in ein Papier eingewickelte Nase hervor.

»Ja, sie ist es!« rief Kowaljow. »Genau das ist sie! Trinken Sie doch bitte heute ein Täßchen Tee mit mir!«

»Nichts würde ich lieber tun, aber ich kann nicht: Ich muß jetzt gleich weiter zum Zuchthaus fahren... Wie teuer alle Arten von Lebensmitteln geworden sind... Bei mir zu Hause lebt auch meine Schwiegermutter, das heißt die Mutter meiner Frau, und dazu noch die Kinder. Besonders der Älteste gibt zu großen Hoffnungen Anlaß: ein sehr begabter Junge. Nur fehlen mir jegliche Mittel für eine gute Erziehung...«

Kowaljow verstand die Anspielung, nahm einen roten Schein vom Tisch und steckte ihn dem Reviervorsteher zu; dieser schlug die Hacken zusammen und ging zur Tür hinaus. Und fast im gleichen Augenblick vernahm Kowaljow seine Stimme auf der Straße, wo er einem dummen Lümmel, der mit seinem Wagen auf den Bürgersteig geraten war, gehörig den Kopf wusch.

Nach dem Abgang des Reviervorstehers verharrte der Kollegienassessor einige Minuten in einer unbestimmten Verfassung und erlangte erst allmählich die Fähigkeit wieder, zu sehen und zu fühlen – in eine solche Verzückung hatte ihn die unerwartete Freude versetzt. Behutsam nahm er die wiedergefundene Nase in die hohlen Hände und betrachtete sie noch einmal aufmerksam.

»Das ist sie, genau das ist sie!« sagte der Major Kowaljow. »Da ist auch das Pickelchen auf der linken Seite, das gestern herausgekommen ist.« Vor Freude hätte der Major fast aufgelacht. Aber nichts auf dieser Welt ist von langer Dauer, und so ist auch die Freude in der folgenden Minute schon nicht mehr so lebhaft; in der dritten Minute wird sie noch schwächer, und schließlich verschmilzt sie unmerklich mit dem gewöhnlichen Seelenzustand, so wie der Kreis, der auf dem Wasser durch einen Steinwurf entsteht, am Ende mit der glatten Oberfläche verschmilzt. Kowaljow begann nachzudenken und begriff, daß die Angelegenheit noch nicht beendet war: Die Nase war zwar gefunden, doch mußte man sie ja noch befestigen, sie wieder an ihren Platz zurückversetzen.

»Und wenn sie nun nicht hält?«

Bei dieser Frage, die der Major sich selbst stellte, wurde er blaß.

In einem Gefühl unsäglicher Angst stürzte er zum Tisch und rückte den Spiegel zu sich heran, um sich die Nase nicht womöglich schief anzusetzen. Seine Hände zitterten. Vorsichtig, ganz behutsam setzte er sie an ihre alte Stelle. O Schreck! Die Nase blieb nicht haften!... Er führte sie zum Mund, behauchte sie leicht und tat sie wieder auf die glatte Stelle zwischen den Wangen; doch die Nase wollte einfach nicht halten.

»Na! Nun bleib schon dran, du Dummkopf!« redete er ihr zu. Aber die Nase war wie aus Holz und fiel mit einem Laut auf den Tisch, als wäre sie ein Flaschenkorken. Das Gesicht des Majors verzog sich krampfhaft. »Sollte sie tatsächlich nicht wieder anwachsen?« murmelte er erschrocken. Und sooft er sie auch an ihre ureigene Stelle hielt, seine Mühe war und blieb umsonst.

Er rief nach Iwan und schickte ihn zum Doktor, der im gleichen Haus, in der Beletage, die beste Wohnung innehatte. Der Doktor war ein stattlicher Mann, besaß einen herrlichen pechschwarzen Bakkenbart und eine frische, gesunde Doktorsfrau, aß zum Frühstück knackfrische Äpfel und hielt seinen Mund ungewönlich sauber, indem er ihn jeden Morgen fast eine dreiviertel Stunde lang spülte und die Zähne mit fünf verschiedenen Bürsten putzte. Der Doktor erschien augenblicklich. Nachdem er sich erkundigt hatte, wie lange der Unglücksfall zurücklag, faßte er den Major Kowaljow am Kinn und versetzte ihm mit dem Daumen dort, wo früher die Nase gewesen war, einen derartigen Nasenstüber, daß der Major mit dem Kopf nach hinten flog und heftig gegen die Wand schlug. Der Medikus meinte, das habe nichts weiter zu bedeuten. Dann forderte er den Major auf, ein wenig von der Wand wegzurücken und den Kopf zuerst leicht nach rechts zu drehen; nachdem er die Stelle, an der die Nase gewesen war, befühlt hatte, sagte er: »Hm!« Dann befahl er ihm, den Kopf nach links zu drehen und sagte wieder: »Hm!« Und zum Abschluß versetzte er ihm mit dem Daumen noch einmal einen Nasenstüber, daß der Major mit dem Kopf hochfuhr wie ein Pferd, dem man die Zähne untersucht. Nach dieser Probe wiegte der Medikus den Kopf und sagte: »Nein, es geht nicht. Bleiben Sie lieber, wie Sie sind, es könnte sonst schlimmer werden. Befestigen kann man sie natürlich, das könnte ich jetzt gleich; aber ich versichere Ihnen, es wäre schlimmer für Sie.«

»Eine schöne Bescherung! Was soll ich denn ohne Nase machen?« sagte Kowaljow. »Schlimmer, als es jetzt ist, kann es ja nicht mehr werden. Hol's der Teufel! Mit einer solch lächerlichen Visage kann ich mich ja nirgends blicken lassen. Ich habe einen großen Bekanntenkreis, gerade heute abend muß ich in zwei Häusern Besuch machen. Ich kenne viele Leute: die Staatsrätin Tschechtarjowa, die Stabsoffiziersgattin Podtotschina ... nach dem jetzt Vorgefallenen werde ich allerdings nur noch über die Polizei mit ihr verkehren. Haben Sie doch Erbarmen!« rief Kowaljow mit flehender Stimme.

»gibt es denn gar keine Möglichkeit? Setzen Sie sie mir doch irgendwie an; es muß ja nicht wer weiß wie schön aussehen, Hauptsache, sie hält; in gefährlichen Situationen kann ich sie ja mit der Hand leicht stützen. Außerdem werde ich nicht tanzen, damit ich sie nicht durch eine unvorsichtige Bewegung beschädige. Und was meine Erkenntlichkeit hinsichtlich Ihrer Visite betrifft – Sie können sicher sein, soweit es mir meine Mittel gestatten ...«

»Glauben Sie mir«, sagte der Doktor weder mit lauter noch mit leiser, sondern mit liebenswürdiger und geradezu hypnotisierender Stimme, »ich behandle niemanden aus Gewinnsucht. Das widerspräche meinen Prinzipien und meiner Kunst. Ich nehme zwar etwas für meine Besuche, aber einzig und allein deshalb, um durch eine Ablehnung niemanden zu kränken. Natürlich, ich könnte Ihnen Ihre Nase wieder ansetzen; aber bei meiner Ehre – wenn Sie schon meinem Wort keinen Glauben schenken –, es würde die Sache beträchtlich verschlimmern. Überlassen Sie das lieber der Wirkung der Natur. Waschen Sie die Stelle öfters mit kaltem Wasser, und ich versichere Ihnen, Sie werden ohne Nase genauso gesund sein, wie mit ihr. Die Nase selbst aber empfehle ich, in ein Gefäß mit Spiritus zu tun, oder, noch besser, zwei Eßlöffel starken Wodka und angewärmten Essig dazuzugeben, dann könnten Sie dafür eine hübsche Summe Geldes verlangen. Ich würde sie Ihnen sogar selber abnehmen, wenn Sie nicht zu viel verlangen.«

»Nein, nein! Um keinen Preis der Welt!« schrie der verzweifelte Major, »dann mag sie lieber verfaulen!«

»Verzeihen Sie!« sagte der Doktor und verabschiedete sich mit einer Verbeugung, »ich wollte Ihnen nur nützlich sein... Aber da ist eben nichts zu machen! Sie haben wenigstens gesehen, daß ich mir Mühe gegeben habe.«

Nach diesen Worten schritt der Doktor in würdevoller Haltung zum Zimmer hinaus. Kowaljow hatte ihm nicht einmal ins Gesicht gesehen; in tiefer Teilnahmslosigkeit saß er da und sah nur die aus dem Ärmel seines schwarzen Fracks hervorschauenden Manschetten seines schneeweißen Hemdes.

Gleich am folgenden Tag beschloß er, als letzten Schritt vor einer Klage, an die Stabsoffiziersgattin zu schreiben, ob sie nicht willens sei, ihm ohne Prozeß das zurückzuerstatten, was ihm gehöre. Der Brief hatte folgenden Inhalt:

Sehr verehrte gnädige Frau Alexandra Grigorjewna!

Ich vermag Ihre merkwürdige Handlungsweise nicht zu begreifen. Seien Sie versichert, daß Sie auf diese Art und Weise nichts erreichen und mich keinesfalls zwingen werden, Ihre Tochter zu ehelichen. Seien Sie versichert, daß ich die Geschichte mit meiner Nase vollkommen durchschaut habe, und ebenso, daß Sie beide und niemand sonst die Hauptbeteiligten daran sind. Die plötzliche Trennung von ihrem angestammten Platz, ihre Flucht sowie ihre Maskierung, anfänglich in Gestalt eines Beamten, dann wieder in eigener Gestalt, ist nichts weiter als die Folge von Hexereien, ins Werk gesetzt von Ihnen oder anderen, solch edler Übungen sich befleißigender Personen. Ich meinerseits halte es für meine Pflicht, Sie hiermit in Kenntnis zu setzen, daß, wenn die von mir erwähnte Nase sich nicht heute noch an ihrem Platz befindet, ich mich gezwungen sehe, den Beistand und Schutz der Gesetze in Anspruch zu nehmen.

Im übrigen verbleibe ich mit der Versicherung meiner vorzüglichen Hochachtung Ihr ergebener Diener

Platon Kowaljow.

Verehrter Herr Platon Kusmitsch!

Ihr Brief hat mich höchlichst erstaunt. Ich muß Ihnen ganz offen sagen, das habe ich nicht erwartet, und noch weniger, was die ungerechten Vorwürfe von Ihrer Seite betrifft. Ich setze Sie davon in Kenntnis, daß ich den von Ihnen erwähnten Beamten niemals bei mir empfangen habe, weder maskiert noch in seiner wirklichen Gestalt. Allerdings hat mich ein gewisser Philipp Iwanowitsch Potantschikow aufgesucht. Und obwohl er in der Tat um die Hand meiner Tochter anhielt und ein Mensch von gutem Benehmen, großer Bildung und nüchternem Verhalten ist, habe ich ihm nie auch nur die geringste Hoffnung gemacht. Sie erwähnen da außerdem noch eine Nase. Wenn Sie damit sagen wollen, daß ich Ihnen eine Nase drehen würde, das heißt Ihnen eine förmliche Absage erteile, so erstaunt mich, daß Sie selbst hierauf die Sprache bringen, wo ich doch, wie Ihnen bekannt ist, der völlig entgegengesetzten Meinung war, und wenn Sie jetzt in gehöriger Weise um die Hand meiner Tochter anhalten wollen, bin ich noch zur selben Stunde bereit, Ihre Bitte zu erfüllen, denn das ist immer der Gegenstand meiner sehnlichsten Wünsche gewesen. In dieser Hoffnung verbleibe ich stets zu Ihren Diensten

Alexandra Podtotschina.

»Nein«, sagte Kowaljow nach der Lektüre dieses Briefes, »sie ist wirklich nicht schuld. Unmöglich! Einen solchen Brief kann keiner schreiben, der ein Verbrechen begangen hat.« In diesen Dingen war der Kollegienassessor nicht unerfahren, denn er hatte im Kaukasus schon mehrfach Untersuchungen durchzuführen gehabt. Aber wie nur, auf welche Weise, konnte das geschehen? Der Teufel mag daraus schlau werden! Und er ließ die Arme sinken.

Währenddessen hatten sich die Gerüchte über diesen ungewöhnlichen Vorfall in der ganzen Stadt verbreitet, und zwar, wie immer in solchen Fällen, nicht ohne besondere Ausschmückungen. Denn damals war gerade das Übersinnliche die große Mode, und kürzlich erst hatten Versuche über die Wirkung des Magnetismus das Publikum in Bann geschlagen. Auch war die Geschichte mit den tanzenden Stühlen in der Marstallstraße noch in frischer Erinnerung, und so war es nicht weiter verwunderlich, daß bald die Rede ging, daß die Nase des Kollegienassessors Kowaljow Punkt drei Uhr auf dem Newskij Prospekt spazieren zu gehen pflege. Jeden Tag drängten sich dort die Neugierigen. Es brauchte nur jemand zu sagen, die Nase befände sich in Junkers Ladengeschäft – gleich entstand bei Junker ein solcher Auflauf und ein solches Gedränge, daß sogar die Polizei einschreiten mußte. Ein backenbärtiger Geschäftemacher von ehrwürdiger Erscheinung, der bisher am Eingang zum Theater allerlei trockene Konditoreiwaren verkauft hatte, ließ eigens schöne und solide Holzbänke anfertigen, auf die zu stehen er die Neugierigen einlud, wobei er pro Nase achtzig Kopeken nahm. Ein verdienter Oberst ging eigens zu diesem Zweck früher aus dem Haus und bahnte sich mit Mühe einen Weg durch die Menge. Doch zu seinem großen Verdruß erblickte er in dem Schaufenster des Geschäfts statt einer Nase eine ganz gewöhnliche Wolljacke und eine Lithographie mit der Darstellung eines Mädchens, das sich seinen Strumpf glattstrich, und einem Gecken in feiner Weste und mit einem kleinen Bärtchen, der ihr, hinter einem Baum versteckt, dabei zusah – ein Bildchen, das schon zehn Jahre oder länger immer an der gleichen Stelle hing. Im Weggehen bemerkte er ärgerlich: »Wie kann man nur mit so dummen Gerüchten, die jeder Wahrscheinlichkeit entbehren, die Leute so verrückt machen?«

Dann hieß es plötzlich, die Nase des Majors Kowaljow ginge nicht auf dem Newskij Prospekt, sondern im Taurischen Garten spazieren, und zwar schon seit längerem, und schon der persische Prinz Chosrew-Mirza habe sich, als er dort wohnte, über diese merkwürdige Laune der Natur sehr gewundert. Mehrere Studenten der Chirurgischen Akademie machten sich eiligst dorthin auf. Eine sehr angesehene und ehrwürdige Dame bat in einem besonderen Schreiben den Aufseher des Gartens, ihren Kindern doch dieses seltene Phänomen zu zeigen, und zwar, wenn möglich, mit einer für die Jugend lehrreichen und erbaulichen Erläuterung.

Über all diese Ereignisse freuten sich ganz besonders jene weltmännischen und unvermeidlichen Besucher von Abendgesellschaften, die es liebten, die Damen zum Lachen zu bringen, und deren Vorräte zu jener Zeit sehr zur Neige gegangen waren. Ein Herr bemerkte ungehalten, daß er nicht verstehe, wie sich in einem aufgeklärten Jahrhundert solch unsinnige Erdichtungen verbreiten könnten, und daß er sich wundere, wieso die Regierung sich nicht mit dieser Sache befasse. Woraus man ersieht, daß dieser Herr zu jener Partei gehörte, die zu allem, selbst noch zu ihren täglichen Ehezänkereien, den Staat hinzuziehen wollen. Hierauf... Aber hier verhüllt sich die Geschichte wieder in dichtem Nebel, und was weiter geschah, ist völlig unbekannt.

3

Unsinn, nichts als Unsinn geschieht auf dieser Welt. Und oftmals ereignet sich etwas ganz und gar Unglaubwürdiges: Plötzlich befand sich eben jene Nase, die im Range eines Staatsrats durch die Gegend gefahren und so viel Aufsehen in der Stadt erregt hatte, mir nichts dir nichts wieder an ihrem angestammten Platz, nämlich zwischen den beiden Wangen des Majors Kowaljow. Dies ereignete sich am siebten April. Er erwachte, warf zufällig einen Blick in den Spiegel und sah: die Nase! Er griff mit der Hand nach ihr – tatsächlich, die Nase! »Oho!« sagte Kowaljow, und hätte das Erscheinen Iwans ihn nicht daran gehindert, er hätte quer durch das Zimmer barfuß einen Freudentanz aufgeführt. Sofort befahl er, seine Waschschüssel zu bringen, und beim Waschen blickte er noch einmal in den Spiegel: die Nase, sie war's! Er trocknete sich mit dem

Handtuch ab und schaute wieder in der Spiegel: die Nase, wirklich seine Nase!

»Sieh doch mal her, Iwan, mir scheint, ich habe da ein Pickelchen auf der Nase«, sagte er und dachte bei sich: »O Gott, wenn er jetzt sagt: ›Aber nein, Herr, da ist nichts, kein Pickelchen und auch keine Nase!‹«

Aber Iwan sagte:

»Nein, es ist kein Pickelchen zu sehen, mit Verlaub, die Nase ist rein!«

»Teufel auch, wie tut das gut!« dachte der Major bei sich und schnalzte mit den Fingern. In diesem Augenblick sah der Barbier Iwan Jakowljewitsch zur Tür herein, aber so ängstlich wie eine Katze, die man wegen eines gestohlenen Stück Specks gerade geprügelt hat.

»Sag zuerst – hast du auch saubere Hände?« rief ihm Kowaljow schon von weitem zu.

»Habe ich.«

»Du lügst!«

»Bei Gott, Herr, sie sind sauber.«

»Gut. Aber sieh dich ja vor!«

Kowaljow nahm Platz. Iwan Jakowljewitsch band ihm eine Serviette um, und im Handumdrehen hüllte er mittels eines Pinsels sein ganzes Gesicht und einen Teil der Wangen in eine Creme, wie man sie an Geburtstagen in Kaufmannshäusern vorgesetzt bekommt.

»Sieh mal an!« sagte Iwan Jakowljewitsch mit

einem Blick auf die Nase zu sich selbst, und dann wandte er den Kopf zur Seite und betrachtete sie im Profil. »Da ist sie ja! Nicht zu fassen!« fuhr er fort und starrte die Nase eine ganze Weile an. Dann hob er ganz sacht und mit der größtmöglichen Behutsamkeit zwei Finger, um die Nase an ihrer Spitze festzuhalten. Das war nun mal sein System.

»Na, na, paß auf!« schrie Kowaljow.

Iwan Jakowljewitsch ließ die Hände sinken und wurde völlig verwirrt. Schließlich begann er ihn vorsichtig unter dem Kinn ein wenig zu schaben; und obwohl es höchst unbequem und schwierig für ihn war, jemanden zu rasieren, ohne sich an dessen Riechorgan festzuhalten, stützte er sich mit seinem rauhen Zeigefinger irgendwie an Wange und Unterkiefer ab, und so überwand er dann doch alle Hindernisse, und die Rasur gelang.

Als dieses erledigt war, kleidete Kowaljow sich eilig an, nahm eine Droschke und fuhr geradewegs zur Konditorei. »Kellner, eine Tasse Schokolade!« rief er schon am Eingang, und sogleich schaute er in den Spiegel; Die Nase war noch da! Wohlgelaunt wandte er sich um und fixierte mit ironischer Miene und leicht zugekniffenen Augen zwei Offiziere, von denen der eine eine Nase hatte, die nicht größer war als ein Westenknopf. Danach begab er sich in die Kanzlei jenes Departements, in welchem er sich um den Posten eines Vizegouverneurs oder, sollte das mißlingen, um den eines Exekutors bewarb. Als er durch das Empfangszimmer schritt, schaute er in den Spiegel: Die Nase war noch da! Hierauf fuhr er zu einem anderen Kollegienassessor oder Major, einem großen Spötter, dem er auf seine spitzen Bemerkungen gewöhnlich zu antworten pflegte: »Na ja, ich kenne dich ja, du alter Stichler!« Unterwegs dachte er: »Wenn auch der Major bei meinem Anblick nicht in Gelächter ausbricht, dann ist das ein sicheres Zeichen dafür, daß alles an seinem richtigen Platz ist.« Doch der Kollegienassessor machte keine diesbezügliche Äußerung. »Gut, gut, Teufel auch!« dachte Kowaljow bei sich. Auf dem Heimweg begegnete er der Stabsoffiziersgattin Podtotschina und deren Tochter, begrüßte sie und wurde mit freundlichen Ausrufen empfangen – also hatte seine Person keinerlei sichtbaren Schaden genommen. Er unterhielt sich lange mit ihnen, holte absichtlich seine Tabaksdose hervor und stopfte unter ihren Augen umständlich die beiden Eingänge seiner Nase, wobei er dachte: »Seht nur zu, ihr Weiber, ihr dummes Hühnervolk! Und die Tochter heirate ich doch nicht. Aber so, par amour – mit Vergnügen!« Und der Major Kowaljow flanierte von nun an mit der größten Selbstverständlichkeit auf dem Newskij Prospekt, ließ sich im Theater sehen und überall sonst. Und mit der gleichen Selbstverständlichkeit saß die Nase in seinem Gesicht und ließ sich nicht anmerken, daß sie jemals Seitensprünge riskiert hatte. Und nach alledem sah man Major Kowaljow stets in bester Laune, immer lächelte er und stieg jeder hübschen Dame nach; und einmal blieb er sogar im Kaufhof vor einem kleinen Laden stehen und erwarb dort ein Ordensbändchen – zu welchem Zweck, das ist unbekannt, denn Ritter irgendeines Ordens war er nicht.

Das wäre also die Geschichte, die sich in der nördlichen Hauptstadt unseres weiten Reiches zugetragen hat. Erst jetzt, nach reiflicher Überlegung, erkennen wir, daß viel Unwahrscheinliches an ihr ist. Ich will gar nicht davon reden, daß die übernatürliche Loslösung der Nase sowie ihr Auftauchen an verschiedenen Orten in der Gestalt eines Staatsrats tatsächlich recht seltsam anmutet – wie konnte Kowaljow denn nicht begreifen, daß man eine Nase nicht durch eine Zeitungsanzeige suchen läßt? Ich sage das nicht etwa, weil es mir um das Geld für eine Anzeige leid wäre; das ist Unsinn, außerdem bin ich kein Geizkragen. Aber es ist unanständig, unfein, einfach peinlich! Und dann – wie in aller Welt kam die Nase in das frische Brot, und was hat Iwan Jakowljewitsch ...? Nein, das verstehe ich nicht, das übersteigt entschieden mein Begriffsvermögen! Das Allermerkwürdigste aber, das Allerunverständlichste ist, daß Schriftsteller sich solche Sujets wählen können. Ich gestehe, das entzieht sich jedem Verständnis, das ist geradezu ... nein, nein, das begreife ich nicht. Erstens liegt darin keinerlei Nutzen für das Vaterland; zweitens ... aber auch zweitens hat es keinen Nutzen! Ich weiß einfach nicht, was das soll...

Andererseits wiederum, wenn man von alledem sowohl das eine wie das andere und sogar ein drittes zugeben kann... aber wo, frage ich, gibt es denn keine Ungereimtheiten?... Und dennoch, wie man auch über die Sache denken mag, es ist da doch etwas dran. Man mag einwenden, was man will, aber derartige Dinge kommen vor auf der Welt – selten, aber sie kommen vor.

Der Mantel

Im Departement für... nein, nennen wir es lieber nicht, dieses Departement. Man kennt sie ja nur zu gut, die Empfindlichkeit all dieser Departements, Regimenter, Kanzleien, mit einem Wort: jeglicher Art von Dienststellen überhaupt. Heutzutage sieht doch schon jeder beleidigte Privatmann in seiner Person die Gesellschaft insgesamt verunglimpft. Kürzlich, so heißt es, sei aus irgendeiner Stadt die Bittschrift eines gewissen Kreispolizeivorstehers eingegangen, worin er auf einleuchtende Weise dargelegt, daß die Institutionen des Staates verfielen und mit seinem eigenen geheiligten Namen Schindluder getrieben werde. Und zum Beweis dafür fügte er seiner Eingabe einen ungeheuer dicken Band irgendeines romantischen Werkes bei, in dem alle zehn Seiten ein Kreispolizeivorsteher auftaucht, stellenweise sogar in völlig betrunkenem Zustand. Und so wollen wir also, zur Vermeidung aller Unannehmlichkeiten, das Departement, von dem hier die Rede ist, als *ein Departement* bezeichnen. Also, in *einem Departement* diente *ein Beamter,* ein nicht gerade bemerkenswerter Beamter, von kleinem Wuchs, ein wenig pockennarbig, ein wenig rothaarig, sogar ein wenig kurzsichtig, mit einer kleinen Stirnglatze, Runzeln auf beiden Wangen und einer Gesichtsfarbe, die man sozusagen hämorrhoidal nennt... Was soll man da machen! Schuld ist das Petersburger Klima. Was seinen Rang betrifft (denn bei uns muß man ja vor allem den Rang angeben), so war er das, was man einen ewigen Titularrat nennt, an welchem bekanntlich allerlei Schriftsteller bereits zur Genüge ihren Witz geschärft haben, in der löblichen Angewohnheit, über jene herzufallen, die nicht beißen können. Der Familienname des Beamten war Baschmatschkin. Aus diesem Namen ist zu ersehen, daß er einstmals von Baschmak, Schuh, abgeleitet wurde; aber wann und auf welche Weise das geschah, ist völlig unbekannt. Der Vater, der Großvater, sogar der Schwager und überhaupt alle Baschmatschkins trugen Stiefel, die sie nur etwa dreimal im Jahr besohlen ließen. Sein Vorname war Akakij Akakjewitsch. Dem Leser mag er seltsam und gesucht vorkommen, ich kann aber versichern, daß er keineswegs gesucht wurde, sondern daß ganz von selbst Umstände eintraten, die jeden anderen Namen ausschlossen. Und das geschah folgendermaßen: Geboren wurde Akakij Akakjewitsch, wenn mich mein Gedächtnis nicht täuscht, in der Nacht auf den 23. März. Sein seliges Mamachen, eine Beamtengattin und sehr brave Person, traf alsbald die entsprechenden Anstalten, das Kind taufen zu lassen. Die Mutter lag noch im Bett, gegenüber der Tür, zu ihrer Rechten standen der Pate, Iwan Iwanowitsch Jeroschkin, Bürovorsteher im Senat, ein hervorragender Mann, und die Patin, Arina Semjonowna Belobrjuschkowa, Gattin eines Reviervorstehers, eine Frau von seltenen Tugenden. Der Wöchnerin wurden drei Namen zur Auswahl vorgelegt: Mokkij, Sossij, oder wenn sie wollte, den Namen des Märtyrers Chosdat. Nein, dachte die Selige, das sind alles solche Namen ... Ihr zu gefallen, schlug man den Kalender an einer anderen Stelle auf – wieder erschienen drei Namen: Trifilij, Dula und Warachassij. »Was für eine Strafe!« rief die Alte, »was sind das nur alles für Namen, mein Lebtag habe ich so was noch nicht gehört. Wenn es wenigstens Waradat oder Waruch wäre, aber Trifilij und Warachassij.« Man blätterte noch einmal um – heraus kam: Pawsikachij und Wachtissij. »Ich seh' schon«, sagte die Alte, »so will es offenbar sein Schicksal. Da es nun einmal so ist, soll er lieber so heißen wie sein Vater. Sein Vater war ein Akakij, also soll auch sein Sohn ein Akakij werden.« So entstand Akakij Akakjewitsch. Das Kind wurde getauft, wobei es weinte und solche Grimassen schnitt, als ahnte es voraus, daß es einmal Titularrat werden würde. So also spielte sich das alles ab. Wir haben es hier deshalb angeführt, damit der Leser selbst erkennen kann, daß es genau so kommen mußte und es unmöglich war, einen anderen Namen zu geben. Wann und zu welcher Zeit er in das Departement gekommen war und wer ihn dort angestellt hatte, daran konnte sich niemand mehr erinnern. Sooft die Direktoren und verschiedenen Vorgesetzten auch wechselten, ihn sah man immer an demselben Platz, in derselben Haltung, auf demselben Posten und als den immer gleichen Schreiber, so daß man schließlich zu der Überzeugung kam, daß er offenbar schon genau so, nämlich völlig fertig, mit Uniform und Glatze, auf die Welt gekommen sei. Achtung genoß er im Departement nicht die geringste. Die Kanzleidiener blieben nicht nur auf ihren Plätzen sitzen, wenn er vorbeiging, sie sahen ihn nicht einmal an – es war gerade so, als wäre nur einfach eine Fliege durch das Vorzimmer geflogen. Die Vorgesetzten behandelten ihn mit despotischer Kälte. Jeder beliebige Gehilfe des Bürovorstehers knallte ihm einfach die Akten auf den Tisch, und er dachte gar nicht daran zu sagen: »Schreiben Sie das ab«, oder: »Hier, ganz interessant, hübsche Sache« oder etwas Angenehmes dieser Art, wie das unter wohlerzogenen Beamten üblich ist. Und er griff nach dem Papier und sah nur dieses an und nicht den, der es ihm hinlegte und ob dieser überhaupt das Recht dazu hatte. Er nahm es und machte sich sofort daran, es abzuschreiben. Die jungen Beamten lachten und spotteten über ihn, was ihr Kanzleiwitz nur hergab, und erzählten sich in seiner Gegenwart erdichtete Geschichten über ihn. Von seiner Wirtin, einer siebzigjährigen Greisin, behaupteten sie, daß sie ihn prügle; sie fragten ihn, wann sie Hochzeit halten würden, ließen Papierschnitzel auf ihn herabrieseln und nannten das Schnee. Doch Akakij Akakjewitsch erwiderte darauf kein Wort, so als sei überhaupt niemand da; es beeinflußte auch nicht im geringsten seine Schreibtätigkeit: Inmitten all dieser Belästigungen machte er beim Schreiben keinen einzigen Fehler. Nur, wenn der Spaß ganz und gar unerträglich wurde, wenn sie ihn am Arm stießen und ihn so bei seiner Arbeit behinderten, sagte er wohl: »Lassen Sie mich doch, warum beleidigen Sie mich?« Und etwas Seltsames schwang in diesen Worten mit und in der Stimme, mit der sie gesprochen wurden. Es lag darin etwas Mitleiderregendes, so daß ein erst kürzlich eingestellter junger Mann, der sich, dem Beispiel der anderen folgend, gerade herausnehmen wollte, über ihn zu spotten, wie von einem Stich durchbohrt innehielt; und seitdem schien ihm alles verändert und zeigte sich in einem anderen Licht. Irgendeine übernatürliche Macht stieß ihn von seinen Kollegen ab, mit denen er sich angefreundet hatte in dem Glauben, anständige und kultivierte Menschen vor sich zu haben. Und noch lange danach, in den Augenblicken ausgelassenster Fröhlichkeit, sah er plötzlich den kleinen Beamten mit der Glatze vor sich und hörte seine zu Herzen gehenden Worte: »Lassen Sie mich doch, warum beleidigen Sie mich?« Und in diesen bewegenden Worten schwang noch ein anderer Sinn mit: »Ich bin doch dein Bruder!« Und der arme junge Mann bedeckte sein Gesicht mit den Händen und wie oft noch in seinem Leben mußte er schaudern, wenn er sah, wieviel Unmenschliches im Menschen steckt, wieviel grausame Roheit sich hinter den verfeinerten Lebensformen der Gebildeten verbirgt, und sogar, mein Gott, bei so manchem, den die Welt für edel und ehrenhaft hält...

Schwerlich konnte man irgendwo einen Menschen finden, der so in seinem Beruf aufging. Es wäre zu wenig, würde man sagen: Er tat seinen Dienst mit Eifer. Nein, er tat ihn mit Liebe. Hier, in diesen Abschreibereien, offenbarte sich ihm eine vielgestaltige und angenehme Welt, die ganz sein eigen war. Das Vergnügen spiegelte sich auf seinem Gesicht wider. Einige Buchstaben waren seine besonderen Lieblinge; wenn er auf sie stieß, war er geradezu außer sich: Dann lachte er leise, zwinkerte mit den Augen und half mit den Lippen nach, so daß man von seinem Gesicht jeden Buchstaben ablesen konnte, den seine Feder gerade malte. Hätte man ihn seinem Eifer entsprechend belohnt, so wäre er zu seiner eigenen Verwunderung womöglich gar Staatsrat geworden; so aber hatte er sich nur, wie seine witzigen Kollegen es ausdrückten, einen Knopf ins Knopfloch und Hämorhoiden ins Gesäß erworben. Übrigens kann man nicht behaupten, daß er keinerlei Beachtung gefunden hätte. Ein Direktor, ein gütiger Mensch, wollte ihn für seine langjährigen Dienste belohnen und ließ ihm etwas Wichtigeres anvertrauen als die gewöhnliche Abschreibarbeit; er sollte nämlich aus einer bereits fertigen Akte einen Bezug zu einer anderen Dienststelle herstellen; dabei mußte nur die Anrede geändert und hier und da statt der ersten Person die dritte gesetzt werden. Das machte ihm jedoch derartige Mühe, daß er ganz in Schweiß gebadet war, sich die Stirn wischte und schließlich sagte: »Nein, geben Sie mir lieber etwas zum Abschreiben.« Seit der Zeit ließ man ihn nur noch abschreiben. Außer diesen Abschriften schien für ihn nichts mehr zu existieren. An seine Kleidung dachte er überhaupt nicht. Seine Uniform war nicht mehr grün, sondern von rötlicher, wie mehlbestäubter Farbe. Der Kragen war so eng und niedrig, daß sein Hals, obwohl er ziemlich kurz war, ungewöhnlich lang aus dem Kragen hervorragte und an jene Gipskätzchen mit wackelndem Kopf erinnerte, die von ausländischen Hausierern in Rußland zu Dutzenden in Körben auf dem Kopf herumgetragen werden. Und ständig blieb an seiner Uniform irgend etwas hängen: entweder ein Hälmchen Stroh oder ein Fädchen. Ferner besaß er die seltene Gabe, auf der Straße gerade dann unter einem Fenster vorbeizugehen, wenn irgendein Unrat herausgeworfen wurde, so daß er auf seinem Hut immer Melonen-

oder Kürbisschalen und ähnliches Zeug herumtrug. Nicht ein einziges Mal in seinem Leben hatte er auf das geachtet, was alltäglich auf der Straße vor sich ging und was bekanntlich seine Kollegen, die jungen Beamten, nie außer acht lassen; diese schauen mit flinkem, geschärftem Blick so genau hin, daß es ihnen nicht einmal entgeht, wenn auf der Straßenseite gegenüber jemandem der Hosenträger gerissen ist – was auf ihrem Gesicht immer ein hämisches Grinsen hervorruft.

Aber wenn Akakij Akakjewitsch doch einmal auf etwas blickte, dann sah er auf allem seine sauberen, mit gleichmäßiger Handschrift gemalten Zeilen; und nur, wenn sich ihm etwa, weiß Gott woher, eine Pferdeschnauze auf die Schulter legte und ihm mit den Nüstern einen ganzen Sturmwind ins Gesicht blies – erst dann merkte er, daß er sich nicht in der Mitte einer Zeile, sondern eher in der Mitte einer Straße befand. Wenn er nach Hause kam, setzte er sich sogleich an den Tisch, löffelte hastig seine Kohlsuppe, aß ein Stück Rindfleisch mit Zwiebeln, ohne den Geschmack davon wahrzunehmen, aß das alles samt den Fliegen und allem, was Gott gerade bescherte. Merkte er, daß sein Magen voll war, stand er auf, nahm das Tintenfaß hervor und schrieb die Akten ab, die er nach Hause mitgenommen hatte. Waren keine solchen vorhanden, fertigte er, nur zu seinem Vergnügen, eine Kopie an, besonders, wenn die Akte sich nicht so sehr durch Schönheit des Stils auszeichnete, als vielmehr an die Adresse irgendeiner neuen oder wichtigen Persönlichkeit gerichtet war.

Sogar in jenen Stunden, wenn der graue Himmel von Petersburg endgültig erlischt und das ganze Beamtenvolk, jeder entsprechend seinem zustehenden Gehalt und seinem persönlichen Geschmack, sich gesättigt oder gespeist hat – wenn alles sich von dem Federgekratze erholt hat, von der Rennerei, von fremden und eigenen unaufschiebbaren Beschäftigungen und von all dem, was die rastlosen Menschen sich aus freien Stücken und noch über das notwendige Maß hinaus aufladen – wenn die Beamten sich beeilen, ihre Freizeit auch richtig zu genießen: der eine eilt unternehmungslustig ins Theater; der andere auf die Straße, um seine Zeit mit dem Betrachten gewisser Damenhütchen zu verbringen; ein dritter geht zu einer Abendgesellschaft, um sie dort mit Komplimenten an eine niedliche junge Dame, den Stern eines kleinen Beamtenkreises zu vergeuden; am häufigsten aber geht man einfach zu einem Amtskollegen in den dritten oder vierten Stock, in zwei kleine Zimmer mit Diele und Küche und gewissen modischen Errungenschaften, einer Lampe zum Beispiel oder einem sonstigen Luxussächelchen, das viele Opfer gekostet hat, Verzicht auf Mittagessen, unterlassene Ausflüge – mit einem Wort, selbst dann, wenn alle Beamten sich auf die kleinen Wohnungen ihrer

Freunde verteilen, um eine stürmische Whistpartie zu spielen, dabei Tee aus Gläsern schlürfen und billigen Zwieback knabbern, aus langen Pfeifen den Rauch einziehen, während des Kartengebens irgendwelche Klatschgeschichten erzählen, die sich aus der großen Gesellschaft hierher verirrt haben und auf die der russische Mensch unter keinen Umständen verzichten kann, oder auch, wenn es gar nichts mehr zu erzählen gibt, noch einmal die ewige Anekdote von jenem Kommandanten zum besten geben, dem man gemeldet hat, daß dem Pferd des Reiterdenkmals der Schwanz abgehauen worden sei – mit einem Wort, sogar dann, wenn alles nach Vergnügen drängte, gab sich Akakij Akakjewitsch keinerlei Zerstreuungen hin. Niemand konnte sagen, daß er ihn jemals auf einer Abendgesellschaft gesehen hätte. Hatte er sich sattgeschrieben, legte er sich schlafen und lächelte schon im voraus bei dem Gedanken an den kommenden Tag: Was wohl Gott morgen zum Abschreiben schicken wird? So floß das friedliche Leben eines Menschen dahin, der es verstand, bei vierhundert Rubel Gehalt mit seinem Schicksal zufrieden zu sein; und es wäre vielleicht bis ins hohe Alter weiter so dahingeflossen, gäbe es nicht allerlei Unglücksfälle, die nicht nur Titular-, sondern sogar Geheimen, Wirklichen, Hof- und allen anderen Räten auf den Lebensweg gestreut werden, sogar jenen, die niemandem einen Rat geben und selbst von niemandem einen annehmen.

Es gibt in Petersburg einen mächtigen Feind all derer, die vierhundert Rubel Jahresgehalt oder annähernd so viel beziehen. Dieser Feind ist niemand anderes als unser nördlicher Frost, den freilich manche als gesund bezeichnen. In der neunten Morgenstunde, gerade dann, wenn die Straßen von jenen wimmeln, die ins Büro eilen, fängt er an, ohne Ansehen der Person, solch kräftige und beißende Nasenstüber auszuteilen, daß die armen Beamten wirklich nicht wissen, wohin mit ihren Nasen. Zu dieser Zeit, wenn selbst jenen, die höhere Stellen bekleiden, die Stirn vor Kälte schmerzt und die Augen tränen, sind die armen Titularräte mitunter ganz und gar wehrlos. Die einzige Rettung besteht darin, im dünnen Mäntelchen so schnell wie möglich fünf, sechs Straßen hinter sich zu bringen und dann im Vestibül tüchtig herumzustampfen, bis auf diese Weise alle unterwegs eingefrorenen Fähigkeiten und Talente zur Dienstausübung wieder aufgetaut sind. Akakij Akakjewitsch merkte seit einiger Zeit, daß es ihn besonders im Rücken und in den Schultern heftig zu zwicken begann, obwohl er sich bemühte, die vorgegebene Strecke so rasch wie möglich zu durchlaufen. Schließlich kam ihm der Gedanke, ob das nicht vielleicht an seinem Mantel liegen könne. Als er ihn sich zu Hause genau besah, entdeckte er, daß er an zwei, drei Stellen, und zwar gerade am Rücken und an den Schultern, so dünn wie Fliegentuch geworden war; der Stoff war so abgewetzt, daß man hindurchsehen konnte, und das Futter begann sich aufzulösen. Man muß wissen, daß auch Akakij Akakjewitschs Mantel für die Beamten ein Gegenstand des Spottes war; sie versagten ihm sogar den ehrenwerten Namen eines Mantels und bezeichneten ihn als Schlafrock. Und tatsächlich hatte er einen ziemlich merkwürdigen Schnitt. Sein Kragen wurde von Jahr zu Jahr schmäler, da er zum Flicken anderer Teile herhalten mußte. Und diese Flicken verrieten nicht gerade die Kunstfertigkeit eines Schneiders, sie fielen recht plump und häßlich aus. Nachdem Akakij Akakjewitsch gesehen hatte, woran es lag, beschloß er, den Mantel zum Schneider Petrowitsch zu bringen, der irgendwo im dritten Stock an der Hintertreppe wohnte und sich ungeachtet seines schielenden Auges und seines unter Pockennarben verschwindenden Gesichts recht erfolgreich mit dem Ausbessern von Beamten- und allen möglichen anderen Hosen und Fräcken beschäftigte – wenn er sich, versteht sich, in nüchternem Zustand befand und nicht gerade eine andere Unternehmung im Kopf hatte. Über diesen Schneider müßte man natürlich nicht viele Worte machen; aber da es sich nun mal so eingebürgert hat, daß in einer Erzählung der Charakter einer jeden Person vollständig geschildert wird, bleibt uns nichts anderes übrig, als ihn uns in Gottes Namen vorzunehmen. Ursprünglich hieß er einfach Grigorij und war Leibeigener bei irgendeinem Herrn; Petrowitsch nannte er sich erst seit der Zeit, als er freigelassen worden war und an allen möglichen Feiertagen recht tüchtig zu saufen begann, zuerst nur an den großen, und dann, ohne Unterschied, an allen kirchlichen, wann immer ein Kreuzchen im Kalender stand. In dieser Hinsicht blieb er den Sitten seiner Väter treu, und wenn er sich mit seiner Frau zankte, nannte er sie ein weltliches Weib und eine Deutsche. Da wir sie nun schon erwähnt haben, müssen wir auch über sie zwei Worte sagen. Leider aber ist von ihr nicht viel bekannt, außer vielleicht, daß Petrowitsch tatsächlich eine Frau hatte und daß sie sogar eine Haube und kein Kopftuch trug; großer Schönheit konnte sie sich allerdings, wie es scheint, nicht rühmen; jedenfalls guckten ihr von all denen, die ihr begegneten, nur die Gardesoldaten unter die Haube, zuckten dabei mit dem Schnurrbart und gaben einen merkwürdigen Laut von sich.

Als er die Treppe zu Petrowitsch hinaufstieg, die, um der Wahrheit die Ehre zu geben, ganz von Abwasser und Spülicht überschwemmt und von jenem Fuselgestank umgeben war, der in den Augen beißt und unvermeidlich auf allen Hintertreppen der Petersburger Häuser vorhanden ist – als Akakij Akakjewitsch die Treppe hinaufstieg, überlegte er bereits, wieviel Petrowitsch wohl verlangen werde, und beschloß in Gedanken, nicht mehr als zwei Rubel anzulegen. Die Tür stand offen, weil die Hausfrau gerade Fisch zubereitete und dabei in der Küche so viel Qualm verursachte, daß man nicht einmal mehr die Schaben sehen konnte. Akakij Akakjewitsch ging, ohne selbst von der Hausfrau bemerkt zu werden, durch die Küche und betrat schließlich das Zimmer, wo er Petrowitsch erblickte, der auf einem breiten ungestrichenen Holztisch saß, die Beine untergeschlagen wie ein türkischer Pascha. Die Füße waren nackt, nach Gewohnheit aller Schneider, die bei der Arbeit sitzen; dabei fiel Akakij Akajewitsch besonders der ihm wohlbekannte große Zeh in die Augen, dessen verkrüppelter Nagel so dick und hart war wie der Panzer einer Schildkröte. Um den Hals hatte Petrowitsch einige Strähnen Nähseide und Garn hängen, und auf seinen Knien lag irgendein Lumpenzeug. Schon seit etwa drei Minuten versuchte er vergeblich, einen Faden durchs Nadelöhr zu stecken und ärgerte sich deshalb über die Dunkelheit und sogar über den Faden selbst und knurrte halblaut: »Will einfach nicht durch, der Barbar, bringt mich noch um, das verdammte Ding!« Akakij Akakjewitsch war es unangenehm, gerade in dem Augenblick zu kommen, als Petrowitsch sich ärgerte; am liebsten bestellte er bei Petrowitsch etwas, wenn dieser schon ein wenig angeheitert oder, wie seine Frau sich ausdrückte, »vom Fusel betäubt war, der einäugige Teufel«. In solchem Zustand ließ Petrowitsch gewöhnlich gern etwas nach, war mit allem einverstanden, verbeugte sich sogar jedesmal und dankte noch dazu. Hinterher freilich kam seine Frau immer weinend angelaufen und klagte, ihr Mann sei betrunken gewesen und hätte deshalb die Arbeit so billig angenommen; aber legte man dann freiwillig einen Zehner drauf, so war die Sache in Ordnung. Jetzt jedoch befand sich Petrowitsch allem Anschein nach in nüchternem Zustand und zeigte sich darum schroff, wortkarg und bereit, unverschämte Preise zu fordern. Akakij Akakjewitsch merkte das und war schon drauf und dran, den Rückzug anzutreten, wie man so sagt, aber nun war die Sache schon in Gang gekommen. Petrowitsch fixierte ihn scharf mit seinem einen Auge, und Akakij Akakjewitsch sagte unwillkürlich:

»Guten Tag, Petrowitsch!«

»Guten Tag zu wünschen, der Herr«, erwiderte Petrowitsch und schielte nach Akakij Akakjewitschs Händen, um zu erspähen, von welcher Art die Beute sei, die jener herbeitrug.

»Also, Petrowitsch, ich bring' dir hier gewissermaßen ...«

Man muß wissen, daß Akakij Akakjewitsch sich hauptsächlich mit Hilfe von Präpositionen, Adverbien und schließlich auch solcher Redewendungen auszudrücken pflegte, die überhaupt keine Bedeutung haben. War die Sache aber besonders schwierig, hatte er sogar die Angewohnheit, seine Sätze überhaupt nicht zu vollenden, so daß nach dem

Anfang seiner Rede, etwa: »Das ist ja wirklich, durchaus ...« nichts weiter mehr kam, und er selbst die Fortsetzung vergaß, in dem Glauben, er hätte alles gesagt.

»Was gibt's denn?« fragte Petrowitsch und musterte dabei mit seinem einen Auge die ganze Uniform, vom Kragen bis zu den Ärmeln, den Rückenteilen, den Schößen und den Knopflöchern, was ihm alles sehr gut bekannt war, denn es war ja seine eigene Arbeit. Das ist nun mal bei Schneidern so Brauch, es ist das erste, was sie bei einer Begegnung tun.

»Ich hab da also, Petrowitsch ... der Mantel da, der Stoff ... du siehst ja, überall an den anderen Stellen ist er noch ganz fest, er ist ein bißchen verstaubt, sieht deshalb aus wie alt, ist aber so gut wie neu, und nur hier, an einer Stelle, so ein bißchen ... am Rücken, und da noch an der Schulter ist er leicht ... siehst du, das ist alles. Nicht viel Arbeit ...«

Petrowitsch ergriff den »Schlafrock«, breitete ihn zuerst einmal auf dem Tisch aus, untersuchte ihn lange, schüttelte den Kopf und griff zum Fensterbrett nach einer runden Tabaksdose mit dem Porträt irgendeines Generals, doch wessen, weiß man nicht, denn die Stelle, wo sich sein Gesicht befand, war vom Finger durchgedrückt und danach mit einem viereckigen Stückchen Papier überklebt worden. Nachdem er eine Prise genommen hatte, spreizte er den »Schlafrock« mit den Händen auseinander, betrachtete ihn gegen das Licht und schüttelte wieder den Kopf. Dann drehte er ihn mit dem Futter nach außen und schüttelte abermals den Kopf, nahm von neuem den Deckel mit dem beklebten General, stopfte die Nase voll Tabak, klappte die Dose zu, legte sie beiseite und sagte schließlich:

»Nein, das kann man nicht ausbessern; eine schlechte Garderobe!«

Diese Worte gaben Akakij Akakjewitsch einen Stich ins Herz.

»Wieso geht es denn nicht, Petrowitsch?« sagte er fast mit der flehenden Stimme eines Kindes, »er ist doch nur ein bißchen an der Schulter abgewetzt, du hast doch sicher irgendwelche Flicken ...«

»Flicken kann man schon finden, Flicken finden sich immer«, sagte Petrowitsch, »aber aufnähen kann man sie nicht – völlig verrottetes Zeug, berührt man's mit der Nadel, geht gleich alles auseinander.«

»Laß es nur auseinandergehen, dann legst du eben gleich einen Flicken drauf.«

»Aber man kann die Flicken ja nirgends draufsetzen, sie finden überhaupt keinen Halt, das Ding ist einfach zu sehr abgenutzt. Es ist nur noch dem Namen nach ein Tuch, sobald der Wind weht, fliegt's auseinander.«

»Na, du wirst das schon machen. Irgendwie wird das schon, wirklich ...«

»Nein«, sagte Petrowitsch entschieden, »da kann

man nichts machen. Ganz schlechtes Zeug. Machen Sie sich lieber, wenn die kalte Jahreszeit kommt, Fußlappen draus, denn Strümpfe wärmen ja nicht. Die haben die Deutschen nur erfunden, um sich noch mehr Geld zu scheffeln (Petrowitsch stichelte gern gelegentlich gegen die Deutschen); und einen Mantel, ja, da müssen Sie sich wohl einen neuen machen lassen.«

Bei dem Wort »einen neuen« wurde es Akakij Akakjewitsch schwarz vor Augen und alles im Zimmer begann vor ihm durcheinanderzuwirbeln. Nur den General mit dem papierverklebten Gesicht auf dem Deckel von Petrowitschs Tabakdose, den sah er deutlich.

»Wie denn, einen neuen?« sagte er, immer noch wie im Traum, »dafür habe ich doch gar kein Geld.«

»Ja, einen neuen«, wiederholte Petrowitsch mit barbarischer Ruhe.

»Nun, und wenn es ein neuer sein müßte, was würde der dann, sozusagen...«

»Das heißt, was er kosten wird?«

»Ja.«

»Na, drei halbe Hunderter und etwas drüber müßte man da schon anlegen«, sagte Petrowitsch und preßte dabei bedeutungsvoll die Lippen zusammen. Er liebte sehr starke Effekte, ebenso, jemanden plötzlich völlig zu verblüffen und dann aus den Augenwinkeln heraus zu beobachten, was für ein

Gesicht der Betroffene nach solchen Worten wohl machen werde.

»Hundertfünfzig Rubel für einen Mantel!« schrie der arme Akakij Akakjewitsch; er schrie vielleicht zum ersten Mal in seinem Leben, denn er hatte sich bis jetzt immer durch eine leise Stimme ausgezeichnet.

»Ja, mein Herr«, sagte Petrowitsch, »und dann kommt's noch auf die Art des Mantels an. Wenn man den Kragen mit Marderfell besetzt und sich eine Kapuze mit Seidenfutter leistet, dann geht er auf die zweihundert hoch.«

»Petrowitsch, bitte«, flehte Akakij Akakjewitsch; als hörte er nicht und als wolle er Petrowitschs Worte und Effekte nicht wahrnehmen, »bessere ihn irgendwie aus, damit er wenigstens noch ein bißchen seinen Dienst tut.«

»Nein, nein, die Arbeit wäre umsonst und das Geld zum Fenster hinausgeworfen«, sagte Petrowitsch, und Akakij Akakjewitsch ging nach diesen Worten völlig vernichtet davon. Petrowitsch aber blieb nach seinem Weggang noch lange stehen, preßte bedeutungsvoll seine Lippen zusammen ohne die Arbeit wieder aufzunehmen; er war sehr zufrieden, daß er sich selbst nichts vergeben und auch die Schneiderkunst nicht verraten hatte.

Wieder auf der Straße, wandelte Akakij Akakjewitsch wie im Traum. »So eine Sache ist das also, so eine«, sprach er zu sich selbst, »das hätte ich nun wirklich nicht gedacht, daß es so ausgehen würde...« Und nach einigem Schweigen fügte er hinzu: »So also ist das! Das also ist schließlich dabei herausgekommen, das konnte ich nun wirklich nicht ahnen, daß es so damit stehen würde.« Hierauf folgte wieder ein langes Schweigen, bis er sagte: »So ist das also! Das ist doch wirklich... also ganz und gar unerwartet... sozusagen... eine solche Geschichte!«

Nachdem er das gesagt hatte, schlug er, statt nach Hause zu gehen, genau die entgegengesetzte Richtung ein, ohne das auch nur zu bemerken. Unterwegs streifte ihn ein Schornsteinfeger mit seiner rußigen Breitseite und machte ihm die ganze Schulter schwarz, eine Kelle voll Kalk fiel stäubend vom Gerüst eines Neubaus auf ihn herab, er aber merkte von all dem nichts. Später erst, als er gegen einen Nachtwächter rannte, der seine Hellebarde neben sich gelehnt hatte und sich aus dem Tabakbeutel eine Prise auf die schwielige Faust schüttete – da erst kam er ein wenig zu sich, und das auch nur, weil der Wächter schrie: »Was kriechst du mir direkt in die Schnauze? Reicht dir das Trottoir nicht aus?« Das veranlaßte ihn, sich umzusehen und sich heimwärts zu wenden. Dort erst begann er seine Gedanken zu sammeln, sah seine Lage im richtigen Licht und fing ein Selbstgespräch an, und zwar nicht mehr abgerissen, sondern vernünftig und offen wie mit einem verständnisvollen Freund, mit dem man über innerste Herzensangelegenheiten sprechen kann. »Ach nein«, sagte Akakij Akakjewitsch, »mit Petrowitsch kann man jetzt nicht sachlich reden, augenblicklich ist er... seine Frau hat ihn wohl irgendwie durchgeprügelt. Am besten gehe ich am Sonntagmorgen zu ihm; nach dem durchfeierten Samstag wird er schielen und verschlafen sein und gegen den Kater einen zu sich nehmen wollen; aber seine Frau wird ihm kein Geld geben, und da werd' ich ihm einen Zehner, gewissermaßen in die Hand...« So überlegte Akakij Akakjewitsch bei sich und faßte wieder Mut. Endlich kam der herbeigesehnte Sonntag, und als er von weitem sah, wie Petrowitschs Frau aus dem Hause ging, begab er sich geradewegs zu ihm hinauf. Petrowitsch schielte nach dem Samstag tatsächlich stark, hielt den Kopf zu Boden gesenkt und war völlig verschlafen. Trotz alledem: Kaum hörte er, um was es ging, war es, als wäre der Teufel in ihn gefahren. »Es geht nicht«, sagte er, »belieben Sie, bitte, einen neuen zu bestellen.« Und da nun steckte ihm Akakij Akakjewitsch einen Zehner zu. »Ergebensten Dank, Herr, ich werde mich ein wenig auf Ihr Wohl stärken«, sagte Petrowitsch, »und wegen des Mantels geruhen Sie sich nicht weiter zu beunruhigen: Er taugt wirklich zu gar nichts mehr. Ich nähe Ihnen einen neuen, mit dem können Sie was hermachen, und dabei soll es sein Bewenden haben.«

Akakij Akakjewitsch wollte die Rede noch einmal aufs Ausbessern bringen, doch Petrowitsch hörte ihn gar nicht erst an und sagte: »Den neuen nähe ich Ihnen bestimmt, darauf können Sie sich verlassen, werde mir alle Mühe geben. Wir können ihn sogar ganz nach der Mode machen: den Kragen mit Silberpfötchen zum Zuhaken.«

Da endlich begriff Akakij Akakjewitsch, daß er um einen neuen Mantel nicht herumkommen würde, und er war völlig niedergeschlagen. Und wie auch, mit welchem Geld sollte man ihn machen lassen? Natürlich, man konnte teilweise mit der kommenden Festtagsgratifikation rechnen, aber dieses Geld war schon längst im voraus eingeplant und aufgeteilt. Man mußte ein Paar neue Hosen anschaffen, dem Schuster eine alte Schuld für das Ansetzen neuer Stiefelkappen bezahlen, und man mußte endlich bei der Näherin drei Hemden bestellen sowie zwei jener Wäschestücke, die im Druck zu nennen unschicklich wäre – mit einem Wort, das ganze Geld war bereits ganz und gar verplant; und selbst, wenn der Direktor so gnädig wäre und statt der vierzig Rubel Gratifikation fünfundvierzig oder fünfzig bewilligen würde, bliebe doch nur eine so verschwindend kleine Summe übrig, die im Mantelkapital wie ein Tropfen im Meer wirken würde. Obwohl er natürlich wußte, daß Petrowitsch plötzlich der Teufel reiten konnte und er imstande war, eine völlig übermäßige Summe zu fordern, so daß manchmal sogar seine Frau sich nicht mehr beherrschen konnte und aufschrie: »Du hast wohl den Verstand verloren, du Narr! Das eine Mal nimmt er für nichts eine Arbeit an, und jetzt treibt ihn der Satan, daß er einen Preis verlangt, den er selbst nicht mal wert ist.« Obwohl er also wußte, daß Petrowitsch sich auch für achtzig Rubel an die Arbeit machen würde – aber was half das schon: Woher diese achtzig Rubel nehmen? Die Hälfte könnte man noch auftreiben, die ließe sich finden, vielleicht sogar ein bißchen mehr; woher aber die andere Hälfte nehmen?... Doch zuvor muß der Leser erfahren, wo die erste Hälfte herkam. Akakij Akakjewitsch hatte die Gewohnheit, für jeden ausgegebenen Rubel einen Groschen in ein kleines Kästchen zu tun, das mit einem Schlüssel verschlossen war und im Deckel einen Schlitz hatte, durch den das Geld hineingeworfen wurde. Nach Ablauf eines Halbjahres zählte er das angesammelte Kupfergeld und wechselte es in kleines Silbergeld um. So verfuhr er schon lange, und auf diese Weise war im Verlauf einiger Jahre eine Summe von mehr als vierzig Rubeln zusammengekommen. Die erste Hälfte hatte er also zur Verfügung; woher aber die andere Hälfte nehmen? Die anderen vierzig Rubel? Akakij Akakjewitsch überlegte und überlegte und kam zu dem Schluß, daß er die täglichen Ausgaben verringern müsse, wenigstens für den Zeitraum eines Jahres: auf den abendlichen Teegenuß verzichten, abends keine Kerzen anzünden, und wenn es etwas zu tun gab, zu seiner Wirtin ins Zimmer gehen und bei ihrem Kerzenlicht arbeiten; beim Gehen auf der Straße so leicht und vorsichtig wie möglich, fast auf Zehenspitzen, auf das Pflaster treten, um so die Sohle nicht vorzeitig abzunutzen; möglichst selten die Wäsche zum Waschen geben, und, um sie nicht abzunutzen, zu Hause gleich alles ausziehen und lediglich im Morgenrock aus Baumwolle verbleiben, einem sehr alten Stück, dem selbst die Zeit nichts mehr anhaben konnte. Um die Wahrheit zu sagen, so fiel es ihm anfänglich nicht leicht, sich an derartige Einschränkungen zu gewöhnen, doch dann fand er sich damit ab und es ging auch ganz gut; er hatte sich sogar dazu erzogen, abends zu hungern; dafür nährte er sich im Geiste, denn er war ganz erfüllt von dem ewigen Gedanken an den zukünftigen Mantel. Von dieser Zeit an wurde seine ganze Existenz irgendwie reicher, als ob er geheiratet hätte, als ob ein anderer Mensch sich an seiner Seite befände, als ob er nicht allein sei, sondern eine liebe Freundin sich bereit erklärt hätte, mit ihm gemeinsam auf dem Lebensweg weiterzuschreiten – und diese Gefährtin war niemand anderes als eben dieser Mantel, dick wattiert und mit starkem, unverwüstlichem Futter. Er wurde geradezu lebhafter und sein Charakter fester, wie bei einem Menschen, der sich sein Ziel bereits gewählt und gesetzt hat. Aus seinem Gesicht und seinem Benehmen schwanden wie von selbst der Zweifel und die Unentschlossenheit, mit einem Wort, alle schwankenden und unbestimmten Züge. In seinen Augen leuchtete von Zeit zu Zeit ein Feuer auf, und die kühnsten und verwegensten Gedanken gingen ihm durch den Sinn: Sollte man den Kragen nicht doch mit Marder besetzen? Die Überlegungen darüber machten ihn fast ein wenig verwirrt. Einmal, beim Abschreiben einer Akte, hätte er um ein Haar einen Fehler gemacht, so daß er beinahe laut »Oh je!« gerufen hätte und sich bekreuzigte. Im Verlaufe eines jeden Monats suchte er wenigstens einmal Petrowitsch auf, um über den Mantel zu reden: Wo man wohl am besten den Stoff kaufen würde, in welcher Farbe und zu welchem Preis; und er kehrte, wenn auch jedesmal ein wenig besorgt, so doch zufrieden mit der Vorstellung nach Hause zurück, daß endlich doch einmal die Zeit kommen werde, da all das gekauft und der Mantel Wirklichkeit werden würde. Die Angelegenheit machte aber raschere Fortschritte, als er erwartet hatte. Völlig unerwartet bewilligte ihm der Direktor nicht vierzig oder fünfundvierzig, sondern ganze sechzig Rubel: Ob er es geahnt hatte, daß Akakij Akakjewitsch einen Mantel brauchte, oder ob das ganz von selbst so kam, jedenfalls besaß er jetzt zwanzig Rubel mehr. Dieser Umstand beschleunigte den Gang der Angelegenheit. Noch zwei, drei Monate ein wenig gehungert – und er hatte tatsächlich runde achtzig Rubel zusammen. Sein sonst so ruhiges Herz begann zu klopfen. Gleich am ersten Tag begab er sich gemeinsam mit Petrowitsch in einen Laden. Sie kauften einen sehr guten Stoff – kein Wunder, hatten sie doch schon seit einem halben Jahr darüber nachgedacht und kaum einen Monat verstreichen lassen, ohne daß sie nicht in den Läden die Preise verglichen hätten; so sagte nun auch Petrowitsch selbst, daß es keinen besseren Stoff gäbe. Als Futter wählten sie Kaliko, aber einen ganz vorzüglichen und festen, der, nach Petrowitschs Worten, noch besser war als Seide, sogar schöner aussah und stärker glänzte. Marderfell kauften sie keines, weil das nun wirklich zu teuer war; statt dessen wählten sie Katzenfell, das beste, das sich im Laden fand und das man von weitem durchaus für ein Marderfell halten konnte. Petrowitsch mühte sich ganze zwei Wochen lang mit dem Mantel, weil viel daran zu steppen war, sonst wäre er schon früher fertig geworden. Für die Arbeit nahm Petrowitsch zwölf Rubel – billiger ging's einfach nicht: Alles war auf Seide genäht, mit feiner Doppelnaht, und über jede Naht war Petrowitsch noch einmal mit seinen eigenen Zähnen gegangen, um verschiedene Muster einzubeißen. Es war am... schwer zu sagen, an welchem Tag genau, aber jedenfalls war es der allerfeierlichste Tag im Leben des Akakij Akakjewitsch, als Petrowitsch endlich den Mantel brachte. Er brachte ihn früh morgens, gerade als es Zeit wurde, ins Departement zu gehen. Zu keiner anderen Zeit wäre der Mantel gelegener gekommen, denn eben jetzt setzten ziemlich strenge Fröste ein, die noch stärker zu werden drohten. Petrowitsch erschien mit dem Mantel, wie es sich für einen guten Schneider gehört. Auf seinem Gesicht zeigte sich ein so bedeutsamer Ausdruck, wie ihn Akakij Akakjewitsch noch niemals an ihm wahrgenommen hatte. Es schien, als fühle er sehr wohl, daß er kein geringes Werk vollbracht hatte und plötzlich in seiner Person die Kluft deutlich gemacht habe, die jene Schneider, die nur Futter unterlegen und Flicken aufsetzen, von denen trennt, die Neues schöpfen. Er hob den Mantel aus dem großen Tuch, in dem er ihn gebracht hatte. Dieses war eben von der Wäscherin gekommen; er legte es zusammen und steckte es zu weiterem Gebrauch in die Tasche. Nachdem er den Mantel enthüllt hatte, betrachtete er ihn voller Stolz und warf ihn mit beiden Händen äußerst geschickt Akakij Akakjewitsch um die Schultern. Dann zupfte er ihn hinten ein wenig zurecht und drapierte ihn aufgeknöpft an Akakij Akakjewitsch. Als Mann gesetzten Alters wollte dieser auch in die Ärmel schlüpfen. Petrowitsch half ihm dabei, und es stellte sich heraus, daß auch die Ärmel gut saßen. Mit einem Wort: Der Mantel saß wie angegossen. Bei dieser Gelegenheit versäumte es Petrowitsch nicht zu bemerken, daß er nur deshalb so wenig von ihm genommen habe, weil er ohne ein Aushängeschild in einer kleinen Straße wohne und überdies Akakij Akakjewitsch schon so lange kenne; auf dem Newskij Prospekt aber würde man allein für die Arbeit schon fünfundsiebzig Rubel gefordert haben. Akakij Akakjewitsch wollte darüber mit Petrowitsch nicht streiten, zumal er all die hohen Summen fürchtete, mit denen jener so gern Staub aufwirbelte. Er bezahlte ihn, bedankte sich und ging sogleich im neuen Mantel ins Departement. Petrowitsch folgte ihm, blieb auf der Straße stehen und schaute von ferne noch lange dem Mantel nach; hierauf bog er absichtlich in eine krumme Seitengasse ein, um von neuem auf die Straße zu gelangen und seinen Mantel noch einmal zu sehen, und zwar diesmal von der anderen Seite, direkt von vorn. Unterdessen schritt Akakij Akakjewitsch in der feierlichsten Stimmung dahin. In jedem Bruchteil eines Augenblicks fühlte er, daß auf seinen Schultern der neue Mantel saß, und einige Male schmunzelte er sogar vor innerer Befriedigung. Und in der Tat gab es zwei Vorzüge: Der Mantel war warm, und er war schön. Den Weg bemerkte er überhaupt nicht und fand sich unvermittelt im Departement. In der Vorhalle legte er den Mantel ab, betrachtete ihn von allen Seiten und vertraute ihn dem Pförtner zur besonderen Obhut an. Es ist nicht bekannt, auf welche Weise alle im Departement davon erfuhren, daß Akakij Akakjewitsch einen neuen Mantel hatte und daß der »Schlafrock« nicht mehr existierte. Alle kamen sogleich ins Vestibül gelaufen, um Akakij Akakjewitschs neuen Mantel zu sehen. Sie fingen an, ihn zu beglückwünschen, so daß er anfangs nur lächeln konnte, es ihm dann aber geradezu peinlich wurde. Als sie ihn aber alle umringten und sagten, daß man den neuen Mantel begießen und er ihnen zumindest einen Abend geben müsse, da geriet Akakij Akakjewitsch vollends in Verwirrung; er wußte nicht, was er tun, was er antworten und wie er sich herausreden sollte. Minutenlang stand er über und über errötend da und wollte in seiner Herzenseinfalt versichern, daß das gar kein neuer Mantel sei, sondern ... eben ... ein alter Mantel. Endlich erklärte einer der Beamten, der sogar Gehilfe des Bürovorstehers war, wohl um zu zeigen, daß er keineswegs hochmütig sei und auch mit Tieferstehenden verkehre: »Also gut, ich gebe an Stelle von Akakij Akakjewitsch einen Abend und bitte Sie heute zu mir zum Tee; heute ist nämlich zufällig mein Namenstag.« Natürlich gratulierten die Beamten sogleich dem Gehilfen des Bürovorstehers und nahmen die Einladung mit Vergnügen an. Akakij Akakjewitsch begann Ausflüchte zu machen, aber alle sagten, das wäre unhöflich und geradezu eine Schande, und so konnte er unmöglich widersprechen. Im übrigen fühlte er sich ganz wohl bei dem Gedanken, daß er dadurch die Gelegenheit erhalten würde, sogar auch noch am Abend im neuen Mantel auszugehen. Dieser Tag war für Akakij Akakjewitsch einfach der allergrößte Feiertag. In der glücklichsten Gemütsverfassung kehrte er heim, legte den Mantel ab und hängte ihn behutsam an die Wand, wobei er sich noch einmal an Stoff und Futter ergötzte; und dann holte er ganz bewußt seinen früheren, zerschlissenen »Schlafrock« hervor, um einen Vergleich anzustellen. Er betrachtete ihn und mußte laut auflachen, so ein himmelweiter Unterschied war das! Und lange nach dem Mittagessen lächelte er immer noch, sobald ihm einfiel, in welcher Verfassung sich der »Schlafrock« befand. In der heitersten Stimmung aß er zu Mittag, und nach dem Essen schrieb er nichts mehr ab, keine einzige Akte, sondern räkelte sich, bis es dunkelte, wie ein Sybarit auf dem Bett. Dann, ohne viel Zeit zu verlieren, zog er sich an, warf sich den Mantel über die Schultern und trat auf die Straße hinaus. Wo eigentlich der Beamte, der die Einladung gab, wohnte, das können wir leider nicht sagen: Unser Gedächtnis läßt uns immer mehr im Stich, und alles, was es in Petersburg überhaupt gibt, alle Straßen und Häuser, sind in unserem Kopf so durcheinander geraten und so miteinander verschmolzen, daß es äußerst schwierig ist, da auch nur einigermaßen Ordnung zu schaffen. Wie dem auch sei, sicher ist jedenfalls, daß der Beamte im besten Viertel der Stadt wohnte – folglich nicht gerade in der Nähe von Akakij Akakjewitsch. Anfangs mußte dieser durch allerhand öde Straßen mit spärlicher Beleuchtung gehen; je näher er aber der Wohnung des Beamten kam, desto belebter, bevölkerter und heller erleuchtet wurden die Straßen. Immer mehr Passanten eilten vorbei, auch schön gekleidete Damen waren gelegentlich darunter; er begegnete bereits Herren mit Biberkragen und immer seltener wurden die armen Fuhrleute mit ihren hölzernen, mit vergoldeten Nägeln beschlagenen Gitterschlitten – dagegen sah man immer häufiger elegante Mietskutscher mit ihren himbeerfarbenen Samtmützen auf lackierten Schlitten mit Bärenfelldecken, und Karossen mit verziertem Kutschbock sausten durch die Straßen, daß der Schnee unter den Rädern knirschte. Akakij Akakjewitsch betrachtete das alles wie etwas ganz Neues. Er war schon seit Jahren abends nicht mehr auf die Straße gegangen. Neugierig blieb er vor dem beleuchteten Schaufenster eines Geschäfts stehen, um ein Bild anzuschauen, auf dem irgendeine schöne Frau zu sehen war, die gerade ihren Schuh auszog und dabei ein durchaus nicht häßliches Bein entblößte; und hinter ihrem Rücken streckte ein Mann mit Backenbart und einem schmucken Spitzbärtchen am Kinn seinen Kopf durch die Tür des Nebenzimmers. Akakij Akakjewitsch schüttelte den Kopf und lächelte, und dann setzte er seinen Weg fort. Warum er lächelte? Vielleicht, weil er auf etwas ihm völlig Unbekanntes gestoßen war, für das sich trotzdem ein jeder ein gewisses Gespür bewahrt hat. Oder dachte er, gleich vielen anderen Beamten, etwa folgendes: »Sieh dir diese Franzosen an! Man kann sagen, was man will, aber wenn sie so etwas darstellen wollen, dann muß man wirklich sagen...« Vielleicht aber dachte er auch gar nichts Bestimmtes – man kann ja nicht in die Seele eines anderen hineinschlüpfen und alles herausbekommen, was er denkt. Endlich erreichte er das Haus, in dem der Gehilfe des Bürovorstehers wohnte. Dieser lebte auf großem Fuße: Auf der Treppe brannte ein Kandelaber, und die Wohnung befand sich in der Beletage. Als er das Vorzimmer betrat, erblickte Akakij Akakjewitsch auf dem Boden ganze Reihen von Galoschen. Dazwischen, mitten im Zimmer, stand, brodelnd und Dampfwolken ausstoßend, ein Samowar. An den Wänden hingen überall Mäntel und Umhänge, darunter sogar einige mit Biberkragen oder Sammetaufschlägen. Von nebenan war Lärm und Stimmengewirr zu hören, das plötzlich klar und deutlich wurde, als die Tür aufging und ein Lakai mit einem Tablett herauskam, das vollgestellt war mit leeren Gläsern, einem Sahnekännchen und einem Körbchen mit Zwieback. Offenbar hatten sich die Beamten schon längst versammelt und bereits das erste Glas Tee getrunken. Nachdem er seinen Mantel eigenhändig aufgehängt hatte, betrat Akakij Akakjewitsch das Zimmer. Vor seinen Augen flimmerten Kerzen, Beamte, Tabakspfeifen, Kartentische, und verworren drang von überall Gesprächslärm und das Rücken von Stühlen auf ihn ein. Unbeholfen verharrte er in der Mitte des Raumes und überlegte krampfhaft, was er jetzt eigentlich tun solle. Aber da hatte man ihn schon bemerkt. Er wurde mit Geschrei empfangen, und alle stürzten sofort ins Vorzimmer, um sich noch einmal seinen Mantel anzusehen. Obwohl Akakij Akakjewitsch etwas verwirrt war, so mußte er sich, treuherzig, wie er war, doch darüber freuen, als er sah, wie sie alle den Mantel lobten. Dann freilich ließen sie ihn und seinen Mantel stehen und wandten sich, wie üblich, den Whisttischen zu. All das: der Lärm, das Stimmengewirr und die vielen Menschen, war für Akakij Akakjewitsch irgendwie unbegreiflich. Er wußte einfach nicht, was er tun, was er mit seinen Händen, seinen Füßen, mit seiner ganzen Figur anfangen sollte. Schließlich setzte er sich zu den Kartenspielern, schaute in die Karten und diesem und jenem auch mal ins Gesicht; nach einer Weile aber begann er zu gähnen und es wurde ihm langweilig, um so mehr, als schon lange die Zeit gekommen war, zu der er sich gewöhnlich schlafen legte. Er wollte sich vom Gastgeber verabschieden, aber man ließ ihn nicht gehen, denn man müsse zu Ehren seiner Neuanschaffung unbedingt noch einen Pokal Champagner trinken. Nach einer Stunde wurde das Abendessen aufgetragen, das aus Gemüsesalat, kaltem Kalbsbraten, Pastete, Konditorkuchen und Champagner bestand. Akakij Akakjewitsch mußte zwei Gläser austrinken, wonach er das Gefühl hatte, als sei es lustiger im Zimmer geworden; trotzdem konnte er einfach nicht vergessen, daß es bereits zwölf Uhr war und er schon längst hätte nach Hause müssen. Damit der Hausherr nicht auf den Gedanken käme, ihn zurückzuhalten, schlich er sich aus dem Zimmer, suchte im Vorzimmer seinen Mantel heraus, den er nicht ohne Kummer auf dem Boden liegend fand, schüttelte ihn sorgsam, entfernte jedes Stäubchen, legte ihn sich um und ging die Treppe hinab, auf die Straße hinaus. Draußen war es immer noch hell beleuchtet. Einige Kramläden, diese ständigen Klubs des Hausgesindes und einfacher Leute, hatten noch geöffnet; andere, die schon geschlossen hatten, zeigten durch einen langen Lichtstreif unter der Türspalte an, daß auch sie noch Besuch hatten und vermutlich die Hausmädchen oder Diener noch ihren Klatsch und Tratsch zum Abschluß brachten, während sich ihre Herrschaften hinsichtlich ihres Verbleibs in völliger Ungewißheit befanden. Akakij Akakjewitsch schritt in gehobener Stimmung dahin, ja, er war sogar, weiß Gott warum, drauf und dran, einer Dame nachzusteigen, die wie ein Blitz an ihm vorbeihuschte und an der jeder Körperteil von einer ungewöhnlichen Bewegung erfüllt war. Aber er hielt an sich und ging ganz ruhig weiter, verwundert darüber, wieso ihn plötzlich diese Lust auf einen Trab überkommen konnte. Bald zogen sich vor ihm jene öden Straßenzüge hin, die selbst am Tage nicht gerade heiter sind, und schon gar nicht in der Nacht. Jetzt waren sie noch trostloser und einsamer: Immer seltener tauchten Laternen auf – offenbar wurde hier weniger Öl bewilligt; dann folgten Holzhäuser und Zäune; nirgends eine Menschenseele; nur der Schnee glitzerte auf den Straßen, und traurig und schwarz standen die schlafenden niedrigen Hütten mit ihren geschlossenen Fensterläden da. Er näherte sich jener Stelle, wo die Straße von einem endlos weiten Platz durchschnitten wurde, dessen Häuser auf der gegenüberliegenden Seite kaum mehr erkennbar waren und der ihm wie eine schreckliche Wüste entgegenstarrte.

In der Ferne, Gott weiß wo, flackerte das Licht eines Wachthäuschens – es schien, als stünde es am Ende der Welt. Akakij Akakjewitschs Fröhlichkeit ließ hier spürbar nach. Er betrat den Platz nicht ohne eine unwillkürliche Furcht, als ahne sein Herz etwas Ungutes voraus. Er schaute zurück und nach links und nach rechts: Wie ein Meer lag es um ihn herum. »Nein, besser nicht hinschauen«, dachte er bei sich und ging mit geschlossenen Augen weiter. Und als er sie öffnete, um zu sehen, ob der Platz nicht bald zu Ende sei, sah er plötzlich, direkt vor seiner Nase, ein paar Männer mit Schnurrbärten stehen – was das für Leute waren, konnte er nicht erkennen. Es wurde ihm dunkel vor Augen, und das Herz schlug ihm bis zum Hals. »Der Mantel da gehört mir!« sagte einer von ihnen mit Donnerstimme und packte Akakij Akakjewitsch am Kragen. Er wollte schon »Hilfe!« rufen, als ein anderer ihm seine Faust, so groß wie ein Beamtenkopf, vor den Mund setzte und sagte: »Versuch nur zu schreien!« Akakij Akakjewitsch fühlte nur, wie sie ihm den Mantel auszogen und einen Fußtritt versetzten, daß er kopfüber in den Schnee fiel, und nun spürte er überhaupt nichts mehr. Nach einigen Minuten kam er zu sich und erhob sich, doch es war niemand mehr da. Er fühlte, daß es kalt war und er keinen Mantel mehr hatte; er fing an zu schreien, doch seine Stimme schien ganz unmöglich bis zum Ende des Platzes dringen zu können. Unaufhörlich schreiend stürzte er in schierer Verzweiflung über den Platz, geradewegs auf das Wachthäuschen zu, neben dem, auf seine Hellebarde gestützt, ein Nachtwächter stand und mit einer gewissen Neugierde, wie es schien, zusah, wer da zum Teufel auf ihn zulaufe und solch ein Geschrei mache. Als Akakij Akakjewitsch ihn erreicht hatte, begann er ihn mit keuchender Stimme anzufahren: Er schlafe und merke überhaupt nicht, wenn ein Mensch ausgeraubt werde. Der Wächter entgegnete, er habe nicht das geringste bemerkt, sondern nur gesehen, wie zwei Männer ihn in der Mitte des Platzes angehalten hätten, aber er dachte, das seien seine Freunde; statt hier unnütz herumzuschimpfen, solle er lieber morgen zum Revieraufseher gehen, der würde schon herausbekommen, wer ihm den Mantel gestohlen habe. Akakij Akakjewitsch kam in völliger Unordnung zu Hause an: Seine Haare, von denen sich an Schläfen und Nacken noch einige wenige fanden, waren völlig zerzaust; die eine Seite, die Brust und die Hose waren voller Schnee. Als seine alte Zimmerwirtin ein furchtbares Klopfen an der Tür hörte, sprang sie eilig aus dem Bett, zog sich nur einen Schuh an und lief, schamhaft das Hemd über der Brust zuhaltend, herbei, um zu öffnen. Akakij Akakjewitschs Anblick ließ sie zurückprallen. Als er berichtete, was geschehen war, schlug sie die Hände über dem Kopf zusammen und sagte, da müsse er direkt zum Bezirksaufseher gehen, denn der Revieraufseher würde ihn nur betrügen; zuerst würde er allerlei Versprechungen machen und ihn dann an der Nase herumführen. Am besten sei es, direkt zum Bezirksaufseher zu gehen, er sei ihr sogar persönlich bekannt, weil Anna, die Finnin, ihre ehemalige Köchin, jetzt bei ihm als Kindermädchen in Diensten stehe, und daß sie selbst ihn oft sehe, wenn er an ihrem Haus vorbeifahre; außerdem sei er jeden Sonntag in der Kirche, bete und schaue immer alle Leute fröhlich an – schon daran könne man sehen, daß er ein guter Mensch sein müsse. Nachdem Akakij Akakjewitsch diesen Rat angehört hatte, schlich er betrübt in sein Zimmer, und wie er dort die Nacht zubrachte, das möge jener beurteilen, der sich ein wenig in die Lage eines anderen hineinzuversetzen vermag. Frühmorgens machte er sich zum Bezirksaufseher auf. Es wurde ihm gesagt, er schlafe noch; er kam um zehn – wieder hieß es: Er schläft; er kam um elf – es hieß: Der Bezirksaufseher ist leider nicht zu Hause; er kam zur Mittagszeit, doch die Schreiber im Vorzimmer wollten ihn auf keinen Fall hereinlassen und unbedingt wissen, in welcher Angelegenheit er komme, was ihn hierher führe, und was überhaupt geschehen sei. Bis Akakij Akakjewitsch endlich einmal in seinem Leben Charakter zeigte und scharf antwortete, daß er den Bezirksaufseher persönlich sehen müsse, daß sie es nicht wagen sollten, ihn nicht vorzulassen, daß er vom Departement in einer dienstlichen Angelegenheit komme, und daß sie es schon sehen würden, wenn er sich über sie beschweren werde. Dagegen wagten die Schreiber nichts einzuwenden, und einer von ihnen ging, den Bezirksaufseher herbeizuholen. Dieser nahm den Bericht über den Mantelraub äußerst seltsam auf. Anstatt seine Aufmerksamkeit auf den Hauptpunkt der Sache zu richten, begann er Akakij Akakjewitsch auszufragen: warum er so spät zurückgekommen sei und ob er nicht ein unanständiges Haus besucht und sich dort aufgehalten habe. Das verwirrte Akakij Akakjewitsch vollständig, und er ging fort, ohne zu wissen, ob die Angelegenheit des Mantels nun ihren gehörigen Gang nehmen werde oder nicht. Diesen ganzen Tag war er nicht im Amt (das einzige Mal in seinem Leben). Am nächsten Tag erschien er totenbleich und in seinem alten »Schlafrock«, der unterdessen noch kläglicher geworden war. Die Geschichte vom Raub des Mantels – wenn sich auch hier noch Beamte fanden, die es sich nicht entgehen ließen, sich über Akakij Akakjewitsch lustig zu machen – rührte doch viele seiner Kollegen. Man beschloß, sogleich eine Sammlung für ihn zu veranstalten, doch kam eine ganz unbedeutende Summe zusammen, weil die Beamten sich bereits stark verausgabt hatten, da sie vor kurzem eine Subskription auf ein Porträt des Direktors sowie, auf Vorschlag des Abteilungsleiters, auf ein Buch, mit dessen Verfasser dieser befreundet war, gehabt hatten – infolgedessen war's wirklich nur eine Kleinigkeit. Einer, von Mitleid bewegt, beschloß, Akakij Akakjewitsch wenigstens mit einem guten Rat beizustehen: Er solle nicht noch zum Revieraufseher gehen, denn selbst, wenn dieser, um sich bei seinen Vorgesetzten beliebt zu machen, auf irgendeine Weise den Mantel herbeischaffen würde, so bliebe dieser doch bei der Polizei, wenn Akakij Akakjewitsch nicht die gesetzlich vorgeschriebenen Beweise beibringe, daß der Mantel tatsächlich ihm gehöre. Am besten, er wende sich an eine gewisse *bedeutende Persönlichkeit,* da diese bedeutende Persönlichkeit die entsprechenden schriftlichen und mündlichen Interventionen vornehmen könne, um die Angelegenheit erfolgversprechend voranzutreiben. So blieb Akakij Akakjewitsch nichts anderes übrig, als sich dazu zu entscheiden, die bedeutende Persönlichkeit aufzusuchen. Welches Amt diese bedeutende Persönlichkeit bekleidete, das blieb bis heute unbekannt. Man muß wissen, daß diese gewisse bedeutende Persönlichkeit erst kürzlich zu einer solchen geworden war, bis dahin aber eine unbedeutende Persönlichkeit war. Übrigens wurde ihre Stellung, im Vergleich zu anderen, noch bedeutenderen Stellungen, auch jetzt nicht als bedeutend erachtet. Es findet sich eben immer ein Kreis von Menschen, der das, was in den Augen anderer als unbedeutend gilt, für höchst bedeutend hält. Jedenfalls war sie, die Persönlichkeit, bemüht, ihre Bedeutsamkeit mit verschiedenen Mitteln zu verstärken: Sie führte ein, daß die niederen Beamten sie schon auf der Treppe empfingen, wenn sie ins Amt kam; daß niemand unmittelbaren Zutritt bei ihr habe, sondern daß alles nach strengster Ordnung ablaufe: Der Kollegienregistrator mußte dem Gouvernementssekretär Meldung erstatten, dieser dem Titularrat oder dem nächst Zuständigen, und erst so durfte die Sache zu ihr gelangen. Es ist eben alles im heiligen Rußland vom Nachahmen angesteckt, jeder imitiert seinen Vorgesetzten und äfft ihn nach. Es wird sogar erzählt, daß irgendein Titularrat, als man ihn zum Leiter einer kleinen selbständigen Kanzlei ernannte, sofort ein besonderes Zimmer für sich in Beschlag nahm, es »Verhandlungssaal« nannte und vor die Tür ein paar Theaterdiener mit roten Kragen und Tressen stellte, die, sobald ein Besucher kam, sofort die Tür aufrissen, obwohl in diesem »Verhandlungssaal« gerade ein gewöhnlicher Schreibtisch Platz fand.

Die Manieren und Gewohnheiten des bedeutenden Mannes waren solide und imposant, allerdings auch recht simpel. Die Grundlage seines Systems war die Strenge. »Strenge, Strenge und nochmals Strenge«, pflegte er zu sagen und blickte beim letzten Wort dem Angeredeten sehr bedeutsam ins Gesicht. Dabei gab es dafür gar keinen Grund, denn das Dutzend Beamte, das den ganzen Regierungsapparat seiner Kanzlei ausmachte, schlotterte sowieso ständig in vorschriftsmäßiger Angst; kaum erblickten sie ihn von weitem, ließen sie alles stehn und liegen, nahmen Haltung an und warteten, bis ihr Vorgesetzter das Zimmer durchschritten hatte. Gewöhnlich zeichnete sich sein Gespräch durch äußerste Strenge aus und bestand fast ausschließlich aus drei Phrasen: »Wie können Sie es wagen? Wissen Sie, mit wem Sie reden? Begreifen Sie überhaupt, wer vor Ihnen steht?« Im Grunde seines Herzens war er ein guter Mensch, anständig zu seinen Freunden und hilfsbereit, aber die Beförderung zum General hatte ihn aus dem Geleise geworfen. Nachdem er den Generalsrang erhalten hatte, wurde er irgendwie verwirrt, und wußte nicht mehr, wie er sich verhalten sollte. Mit seinesgleichen war er noch ein Mensch, wie er sein soll, ein ganz anständiger und in vieler Beziehung gar nicht dummer Mensch. Sobald er sich aber in einer Gesellschaft von Leuten befand, die auch nur einen Rang unter ihm standen, war er völlig hilflos: Er schwieg, und seine Lage weckte Mitleid, um so mehr, als er sogar selbst spürte, daß er seine Zeit weit besser hätte verbringen können. Man konnte es manchmal seinen Augen ansehen, daß er den starken Wunsch verspürte, sich einem interessanten Gespräch oder Kreis anzuschließen, doch wurde er von dem Gedanken zurückgehalten: Vergebe ich mir nicht etwas? Ist das nicht zu familiär? Verliere ich nicht dadurch an Bedeutung? Infolge solcher Überlegungen verharrte er ewig in dem gleichen schweigenden Zustand, gab nur gelegentlich irgendwelche einsilbigen Laute von sich und erwarb sich auf diese Weise den Ehrentitel eines höchst langweiligen Menschen. Bei dieser solchermaßen bedeutenden Persönlichkeit erschien also unser Akakij Akakjewitsch, und er tat es zur allerungünstigsten Zeit, sehr ungelegen für sich, aber durchaus gelegen für die bedeutende Persönlichkeit. Diese befand sich in ihrem Amtszimmer und plauderte in der heitersten Stimmung mit einem kürzlich eingetroffenen alten Bekannten und Jugendfreunde, den sie einige Jahre nicht mehr gesehen hatte. In diesem Moment wurde ihr gemeldet, daß ein gewisser Baschmatschkin gekommen sei. Sie fragte nur kurz: »Wer ist das?« Man antwortete ihr: »Irgendein Beamter.« – »Aha! Soll warten, habe jetzt keine Zeit«, sagte der bedeutende Mann. Hier muß man sagen, daß der bedeutende Mann schlicht und einfach log: Er hatte sehr wohl Zeit, sein Freund und er hatten schon längst alles durchgehechelt und legten immer längere Gesprächspausen ein, wobei sie sich gegenseitig leicht auf die Schenkel schlugen und sagten: »Ja, so ist das, Iwan Abramowitsch!« – »Genau so, Stepan Warlamowitsch!« Trotzdem befahl er dem Beamten zu warten, nur, um dem Freund, der schon längst keinen Dienst mehr tat und sich ganz aufs Land zurückgezogen hatte, zu zeigen, wie lange die Beamten in seinem Vorzimmer zu warten hatten. Endlich, nachdem sie ausgiebig gesprochen und noch ausgiebiger geschwiegen und in sehr bequemen Lehnsesseln eine Zigarre geraucht hatten, erinnerte er sich anscheinend plötzlich und sagte zu seinem Sekretär, der mit Schriftstücken in der Hand zum Vortrag an der Tür stehengeblieben war: »Ach ja, da ist ja wohl noch ein Beamter; sagen Sie ihm, er könne hereinkommen.« Als er die demütige Erscheinung Akakij Akakjewitschs und dessen abgetragene Uniform zu Gesicht bekam, wandte er sich ihm augenblicklich zu und rief mit schneidend scharfer Stimme: »Was wünschen Sie?« So hatte er es bei sich zu Hause vor dem Spiegel eingeübt, noch eine Woche vor Erhalt seines jetzigen Postens und des Generalsranges. Akakij Akakjewitsch, der ohnehin schon die gebührende Verlegenheit verspürte, geriet einigermaßen in Verwirrung und erklärte, wie es ihm die Freiheit seiner Rede erlaubte und unter gesteigerter Verwendung des Wörtchens »gewissermaßen«, daß der Mantel ganz neu gewesen und er jetzt auf die unmenschlichste Art und Weise beraubt worden sei, und daß er sich an ihn wende, damit er durch seine Fürsprache, gewissermaßen... und dem Herrn Oberpolizeimeister oder jemand anderem schreiben möge, um den Mantel wieder aufzufinden. Dem General erschien dieses Benehmen aus irgendeinem Grunde zu familiär.

»Wie, mein werter Herr«, unterbrach er ihn schroff, »kennen Sie den Dienstweg nicht? Wohin versteigen Sie sich? Wissen Sie denn nicht, wie der Gang einer solchen Sache zu erfolgen hat? Darüber hätten Sie zuerst eine Bittschrift in der Kanzlei einreichen müssen; dann wäre es an den Bürovorsteher gegangen, dann zum Abteilungsleiter, danach hätte es der Sekretär erhalten, und der Sekretär hätte es mir vorgelegt...«

»Aber, Euer Exzellenz«, sagte Akakij Akakjewitsch und versuchte, das bißchen Geistesgegenwart, das ihm noch verblieben war, beisammen zu halten, wobei er spürte, daß er entsetzlich schwitzte, »ich wagte es, Euer Exzellenz zu belästigen, weil ... die Sekretäre sind doch, gewissermaßen irgendwie ... so ein unzuverlässiges Volk ...«

»Was, was, was?« schrie die bedeutende Persönlichkeit. »Wie wagen Sie es? Woher nehmen Sie sich diese Freiheit? Was für ein aufsässiger Geist hat sich da unter den jungen Leuten gegen die Vorgesetzten und die Höhergestellten breitgemacht!«

Der bedeutende Mann hatte anscheinend nicht bemerkt, daß Akakij Akakjewitsch bereits mehr als fünfzig Jahre auf dem Buckel hatte. Wenn er also als ein junger Mann bezeichnet werden konnte, dann allenfalls im Vergleich zu jemandem, der bereits siebzig war.

»Wissen Sie denn überhaupt, mit wem Sie reden? Begreifen Sie denn, wer vor Ihnen steht? Begreifen Sie das? Begreifen Sie das? frage ich Sie.«

Hierbei stampfte er mit dem Fuß auf und erhob seine Stimme zu einer Stärke, daß auch ein anderer als Akakij Akakjewitsch es mit der Angst zu tun bekommen hätte. Akakij Akakjewitsch erstarrte, schwankte, zitterte am ganzen Körper und konnte sich nicht mehr aufrecht halten – wären nicht die Diener herbeigesprungen und hätten ihn aufgefangen, er wäre der Länge nach hingeschlagen; als man ihn hinaustrug, war er fast leblos. Die bedeutende Persönlichkeit aber, zufrieden damit, daß die Wirkung ihre Erwartung noch übertroffen hatte und wie berauscht von dem Gedanken, daß ihr Wort es vermocht hatte, jemanden ohnmächtig werden zu lassen, schaute heimlich zu ihrem Freunde hin, um zu sehen, wie der das Ganze aufnahm; und mit Befriedigung wurde sie gewahr, daß der Freund sich in einer höchst unsicheren Verfassung befand und sogar seinerseits anfing, Angst zu empfinden.

Wie er die Treppe hinab und auf die Straße gelangt war, daran konnte sich Akakij Akakjewitsch nicht mehr erinnern. Er spürte weder Hände noch Füße. Noch nie in seinem Leben hatte er von einem General, noch dazu von einem fremden, ein solches Donnerwetter über sich ergehen lassen müssen. Mit offenem Mund stiefelte er durch den Schneesturm, der durch die Straßen pfiff, und kam immer wieder vom Gehsteig ab; der Wind blies, nach Petersburger Gewohnheit, von allen Seiten und aus allen Gassen. Im Nu hatte er sich eine Halsentzündung geholt, und als er sich endlich nach Hause geschleppt hatte, vermochte er kein Wort mehr hervorzubringen. Mit angeschwollenem Hals legte er sich zu Bett. Eine solche Wirkung kann bisweilen von einem tüchtigen Rüffel ausgehen! Schon am nächsten Tag stellte sich hohes Fieber ein. Dank der großherzigen Mithilfe des Petersburger Klimas machte die Krankheit raschere Fortschritte als erwartet, und als der Doktor erschien und den Puls fühlte, konnte er nicht mehr tun als heiße Umschläge zu verschreiben, einzig und allein, damit der Kranke nicht ganz ohne die Segnungen der Medizin blieb; im übrigen gab er ihm höchstens noch anderthalb Tage. Darauf wandte er sich zur Hauswirtin und sagte: »Und Sie, Mütterchen, sollten keine Zeit verlieren und ihm gleich einen Fichtensarg bestellen, denn ein eichener käme wohl zu teuer für ihn.« Ob Akakij Akakjewitsch diese für ihn schicksalhaften Worte hörte, und wenn ja, ob sie eine erschütternde Wirkung auf ihn hatten und es ihm leid wurde um sein kümmerliches Leben – davon ist nichts bekannt, weil er die ganze Zeit über im Fieber phantasierte. Visionen, eine seltsamer als die andere, tauchten unaufhörlich vor ihm auf: Bald sah er Petrowitsch und bestellte bei ihm einen Mantel mit irgendwelchen Fallen für die Diebe, die er ständig unter seinem Bett wähnte, und alle Augenblicke rief er nach der Wirtin, sie solle ihm sogar unter der Bettdecke einen Dieb hervorziehen; bald wieder fragte er, warum sein alter Schlafrock vor ihm hänge, wo er doch einen neuen Mantel habe; auch war ihm, als stünde er vor dem General, nehme den ihm gebührenden Rüffel in Empfang und sage dazu: »Verzeihung, Euer Exzellenz!« Und mit einem Mal begann er übel zu schimpfen und die schlimmsten Worte zu gebrauchen, so daß sich die alte Wirtin sogar bekreuzigte, denn niemals hatte sie ähnliches von ihm gehört, um so mehr als diese Worte unmittelbar auf die Anrede »Euer Exzellenz!« folgten. Danach redete er nur noch wirres Zeug, so daß überhaupt nichts mehr zu verstehen war; man hörte lediglich heraus, daß die scheinbar sinnlosen Worte und Gedanken immer um ein und dasselbe, nämlich den Mantel, kreisten. Schließlich gab der arme Akakij Akakjewitsch seinen Geist auf. Weder sein Zimmer noch seine Habseligkeiten wurden versiegelt, denn erstens gab es keine Erben, und zweitens blieb als Erbschaft gerade übrig: ein Büschel Gänsefedern, ein Stoß weißes Kanzleipapier, drei Paar Socken, zwei oder drei abgerissene Hosenknöpfe und der dem Leser bereits bekannte »Schlafrock«. Wem das alles zufiel, das weiß Gott allein: Dafür hat sich, wie ich gestehen muß, nicht einmal der Erzähler dieser Geschichte interessiert.

Akakij Akakjewitsch wurde hinausgetragen und begraben. Und Petersburg blieb ohne ihn zurück, als hätte es hier einen Akakij Akakjewitsch überhaupt nie gegeben. Verschwunden, vergangen war ein Wesen, das niemand beschützt hatte, das niemandem teuer und für niemanden interessant war und das nicht einmal die Aufmerksamkeit des Naturforschers auf sich gezogen hatte, der es doch sonst nicht versäumt, selbst die gewöhnlichste Fliege aufzuspießen und sie unter dem Mikroskop zu untersuchen; ein Wesen, das demütig den Spott der Kanzleibeamten ertragen hatte und, ohne so etwas wie eine außergewöhnliche Tat zu hinterlassen, ins Grab gesunken war, dem aber doch, wenn auch erst kurz vor dem Ende seines Lebens, ein lichter Bote erschienen war in Gestalt des Mantels, der für einen Augenblick dieses arme Leben erheiterte, und über welches bald darauf das Unglück mit einer ebensolchen Wucht hereingebrochen war wie über die Häupter der Großen dieser Welt… Einige Tage nach seinem Tode wurde aus dem Departement ein Diener in seine Wohnung geschickt mit der Anweisung, er habe unverzüglich zu erscheinen: Befehl vom Abteilungsleiter. Doch der Diener kehrte unverrichteter Dinge mit der Antwort zurück, er könne nicht mehr kommen, und auf die Frage, warum, äußerte er sich mit den folgenden Worten: »Na ja, er ist nämlich gestorben, vor drei Tagen hat man ihn begraben.« Auf diese Weise erfuhr man im Departement von Akakij Akakjewitschs Tod, und schon am nächsten Tag saß an seinem Platz ein neuer Beamter, der um einiges größer war und die Buchstaben nicht mehr so schön gerade hinmalte, sondern ziemlich schief und krumm.

Aber wer hätte gedacht, daß damit die Geschichte von Akakij Akakjewitsch noch nicht zu Ende ist, daß es ihm vielmehr bestimmt war, mehrere Tage nach seinem Tode noch ein stürmisches Leben zu führen, als Belohnung sozusagen für sein unbemerkt dahingegangenes Leben? Doch so geschah es, und unsere arme Geschichte nimmt unerwartet ein phantastisches Ende. In Petersburg verbreitete sich plötzlich das Gerücht, daß an der

Kalinkinbrücke und noch weiter weg davon, Nacht für Nacht, in der Gestalt eines Beamten, ein Toter sein Unwesen treibe, der irgendeinen gestohlenen Mantel suche und unter diesem Vorwand allen ohne Unterschied des Ranges und des Standes die Mäntel von den Schultern reiße, ob sie nun mit Katzenfell oder Biber besetzt, mit Watte gefüttert, oder aus Waschbär-, Fuchs- oder Braunbärfell seien – mit einem Wort, Pelze und Felle aller Art, wie sie sich die Menschen, um sich zu bedecken, ersonnen haben. Einer der Beamten aus dem Departement sah den Toten mit eigenen Augen und erkannte in ihm sofort Akakij Akakjewitsch; doch das versetzte ihn in einen solchen Schrecken, daß er Hals über Kopf fortstürzte, und deshalb auch nicht so genau hinsehen konnte und nur bemerkte, wie er ihm aus der Ferne mit dem Finger drohte. Von allen Seiten gingen unaufhörlich Klagen ein, daß Rücken und Schultern beileibe nicht nur von Titularräten, nein, sogar von allergeheimsten Räten starker Unterkühlung ausgesetzt wären infolge nächtlichen Wegreißens der Mäntel. Bei der Polizei wurde die Verfügung erlassen, den Toten, koste es was es wolle, tot oder lebendig, zu fassen und ihn, zur Abschreckung anderer, strengstens zu bestrafen, und man hätte beinahe auch Erfolg damit gehabt. Der Wächter irgendeines Reviers nämlich hatte den Toten in der Kirjuschkin-Gasse schon am Kragen gepackt, als er ihn auf frischer Tat bei dem

Versuch ertappte, irgendeinem pensionierten Musikanten, der seinerzeit die Flöte gespielt hatte, den Flauschmantel wegzureißen. Nachdem er ihn also gepackt hatte, rief er mit Geschrei zwei Kameraden herbei, denen er auftrug, den Toten festzuhalten, während er selbst nur einen Augenblick in den Stiefel griff, um seine Tabaksdose hervorzuholen und seine schon sechsmal im Leben erfrorene Nase etwas zu erfrischen. Doch der Tabak war offenbar von einer Sorte, die selbst ein Toter nicht vertragen konnte. Der Wächter war noch nicht dazu gekommen, sein rechtes Nasenloch zuzuhalten und mit dem linken eine gehörige Prise aufzuschnupfen, als der Tote so stark zu niesen begann, daß er allen dreien die Augen vollspritzte. Und während sie die Fäuste hoben, um sich die Augen auszuwischen, da war das Gespenst bereits spurlos verschwunden, so daß sie nicht einmal mehr wußten, ob sie es auch wirklich in den Händen gehabt hatten. Seit dieser Zeit bekamen die Wächter eine solche Angst vor Toten, daß sie sich sogar davor fürchteten, Lebende zu ergreifen, und nur noch aus der Ferne riefen: »He, du da, mach, daß du weiterkommst!« Und das Beamtengespenst begann sich nun sogar auf der anderen Seite der Kalinkinbrücke zu zeigen und jagte allen furchtsamen Gemütern einen nicht geringen Schrecken ein. Aber wir haben ja unterdessen die *gewisse bedeutende Persönlichkeit* ganz außer acht gelassen, die ja eigentlich schuld daran war, daß die – übrigens vollkommen wahre – Geschichte eine so phantastische Wendung genommen hat. Vor allem müssen wir der Gerechtigkeit halber sagen, daß der gewisse bedeutende Mensch bald nach dem Abgang des armen, derart erniedrigten Akakij Akakjewitschs so etwas wie Bedauern empfand. Mitleid war ihm nämlich nicht ganz fremd; sein Herz war für manche guten Regungen empfänglich, was zu zeigen allerdings sehr häufig sein Rang nicht erlaubte. Sobald der angereiste Freund sein Arbeitszimmer verlassen hatte, begann er sich sogar über den armen Akakij Akakjewitsch Gedanken zu machen, und dieser, der den dienstlichen Verweis nicht ertragen hatte, erschien ihm nun fast jeden Tag. Der Gedanke an ihn beunruhigte ihn so sehr, daß er sich eine Woche später sogar dazu entschloß, einen Beamten zu ihm zu schicken, um zu erfahren, wie es ihm gehe und ob man ihm irgendwie helfen könne; und als man ihm berichtete, daß das Fieber Akakij Akakjewitsch plötzlich dahingerafft habe, da war er ziemlich erschüttert, empfand sogar Gewissensbisse und blieb den ganzen Tag schlechter Laune. In dem Wunsch, sich irgendwie abzulenken und den unangenehmen Eindruck zu zerstreuen, begab er sich am Abend zu einem seiner Freunde, bei dem er eine angenehme Gesellschaft vorfand, und was das beste war: Alle der hier Versammelten hatten den gleichen Rang, so daß er sich in keiner Weise gehemmt fühlen mußte. Das hatte eine wunderbare Wirkung auf sein Gemüt. Er blühte förmlich auf, zeigte sich von seiner besten Seite, gab sich liebenswürdig – kurz, verbrachte einen sehr angenehmen Abend. Beim Abendessen trank er zwei Glas Champagner, ein Mittel, das bekanntlich die fröhliche Stimmung durchaus zu fördern in der Lage ist. Der Champagner machte ihm Laune zu allerlei Extravaganzen; und so beschloß er, noch nicht nach Hause zu fahren, sondern eine ihm bekannte Dame aufzusuchen, Karolina Iwanowna, eine Dame offenbar deutscher Herkunft, zu der er überaus freundschaftliche Beziehungen unterhielt. Hier ist anzumerken, daß der bedeutende Mann bereits bei Jahren, dabei ein guter Ehemann und ehrbarer Familienvater war. Zwei Söhne, von denen der eine schon in der Kanzlei diente, sowie ein liebreizendes sechzehnjähriges Töchterchen mit einem etwas gebogenen, aber hübschen Näschen erschienen jeden Morgen, um ihm die Hand zu küssen und dabei zu sagen: »Bonjour, Papa.« Seine Gattin, eine noch frische und keineswegs häßliche Dame, reichte ihm zuerst die Hand zum Kusse, um sie dann umzudrehen und ihrerseits seine Hand zu küssen. Aber die bedeutende Persönlichkeit, im übrigen durch diese häuslichen und familiären Zärtlichkeiten völlig befriedigt, hielt es für angebracht, zum Zwecke freundschaftlicher Beziehungen in einem anderen Teil der Stadt eine Freundin zu haben. Diese Freundin war nicht im geringsten hübscher oder jünger als die eigene Frau; aber solche Verpflichtungen gibt es nun einmal auf dieser Welt, ein Urteil darüber steht uns nicht zu. Der bedeutende Mensch schritt also die Treppe hinab, setzte sich in seinen Schlitten und befahl dem Kutscher: »Zu Karolina Iwanowna.« Dann hüllte er sich behaglich in seinen warmen Mantel und verharrte in jenem angenehmen Gemütszustand, wie er besser für den russischen Menschen nicht erdacht werden kann: Wenn man nämlich an nichts denkt und die Gedanken einem ganz von selbst in den Sinn kommen, einer angenehmer als der andere, ohne daß man sich die Mühe machen muß, sie zu suchen oder ihnen nachzujagen. Voll Behagen gedachte er noch einmal all der heiteren Momente des soeben verbrachten Abends, sowie all der Worte, die den kleinen Kreis hatten in lautes Gelächter ausbrechen lassen; viele von ihnen wiederholte er sogar halblaut und fand, daß sie immer noch so komisch wirkten wie vorher, so daß es nicht verwundert, wenn er auch jetzt noch von Herzen lachen mußte. Bisweilen störte ihn jedoch der böig einsetzende Wind, der, weiß Gott woher und aus welchem Grunde, plötzlich losgebrochen war, ihm scharf ins Gesicht fuhr, ihm Schnee in die Augen trieb, ihm den Mantelkragen wie ein Segel blähte und so über den Kopf stülpte, daß er ständig damit beschäftigt war, sich wieder aus ihm herauszuarbeiten. Plötzlich fühlte der große Mann, daß ihn jemand von hinten fest am Kragen packte. Als er sich umdrehte, bemerkte er einen Menschen von kleinem Wuchs, in einer alten, abgetragenen Beamtenuniform, und nicht ohne Entsetzen erkannte er Akakij Akakjewitsch. Das Gesicht des Beamten war weiß wie Schnee und glich ganz dem eines Toten. Aber das Entsetzen der bedeutenden Persönlichkeit überstieg alle Grenzen, als sie sah, wie sich der Mund des Toten auseinanderzog, einen gräßlichen Grabesgeruch verströmte und die folgenden Worte hervorstieß: »Aha! Da bist du ja endlich! Hab' ich dich, sozusagen, endlich am Kragen erwischt! Gerade deinen Mantel brauch' ich nämlich! Du hast dich nicht für mich verwendet, hast mich sogar noch abgekanzelt – jetzt gib deinen eigenen her!« Der arme bedeutende Mensch wäre beinahe gestorben. Wie charaktervoll er auch im Amt und überhaupt vor Untergebenen sein mochte, und wiewohl jedermann, wenn er nur einen Blick auf seine männliche Erscheinung und Gestalt warf, äußerte: »Oh, was für ein Charakter!« – hier aber empfand er, gleich vielen anderen von heldenhafter Erscheinung, eine solche Angst, daß er nicht ohne Grund eine drohende Umnachtung befürchtete. Er warf sogar eigenhändig seinen Mantel in größter Hast von den Schultern und schrie dem Kutscher mit ganz fremder Stimme zu: »Fahr nach Haus, so schnell du kannst!« Als der Kutscher diese Stimme vernahm, die sonst nur in entscheidenden

Augenblicken erscholl und nicht selten von Handgreiflichem begleitet war, zog er auf alle Fälle den Kopf ein, schwang die Peitsche und flog wie ein Pfeil dahin. Nach guten sechs Minuten befand sich die bedeutende Persönlichkeit schon an der Auffahrt ihres Hauses. Bleich, verängstigt und ohne Mantel war sie, statt zu Karolina Iwanowna, nach Hause gefahren; nun schleppte sie sich mit Mühe in ihr Zimmer und verbrachte eine derart unruhige Nacht, daß am nächsten Morgen beim Frühstückstee das Töchterlein geradeheraus bemerkte: »Du bist ja heute so blaß, Papa«. Aber der Papa schwieg und sagte niemandem auch nur ein Sterbenswörtchen darüber, was ihm widerfahren war, wo er sich aufgehalten hatte und wo er hatte hinfahren wollen. Dieser Vorfall hinterließ bei ihm einen starken Eindruck. Weniger häufig sagte er nunmehr zu Untergebenen: »Wie können Sie es wagen? Begreifen Sie eigentlich, wer vor Ihnen steht?« Und wenn er es sagte, dann erst, nachdem er sich angehört hatte, um was es sich eigentlich handelte. Noch bemerkenswerter aber war, daß von diesem Zeitpunkt an das Beamtengespenst sein Erscheinen einstellte: Offenbar paßte ihm der Generalsmantel wie angemessen; jedenfalls wurde kein Fall von Mantelraub mehr bekannt. Viele eifrige und besorgte Leute wollten sich jedoch nicht beruhigen und erzählten, daß sich in den entfernteren Stadtteilen der tote Beamte immer noch zeige. Und tatsächlich, ein

Nachtwächter im Stadtteil Kolomna sah mit eigenen Augen, wie hinter einem Haus ein Gespenst hervorkam; aber da er von Natur aus etwas schwächlich war, so daß ihn einmal ein ganz gewöhnliches Ferkel, das aus einem Hause gelaufen kam, zur größten Belustigung der umstehenden Droschkenkutscher umgeworfen hatte, woraufhin er dann auch von jedem von ihnen wegen dieser Verhöhnung einen Groschen für Schnupftabak verlangt hatte – dieser schwächliche Wächter also wagte es nicht, das Gespenst anzuhalten, sondern folgte ihm nur in der Dunkelheit, bis es sich plötzlich umdrehte, stehenblieb und fragte: »Was willst du denn?« und dabei solch eine Faust zeigte, wie man sie unter Lebenden nicht findet. Der Nachtwächter erwiderte: »Nichts, nichts« und kehrte auf der Stelle um. Das Gespenst war allerdings von bedeutend höherem Wuchs und trug einen gewaltigen Schnurrbart; es lenkte, wie es schien, seine Schritte zur Obuchowbrücke und verschwand endgültig in der Dunkelheit der Nacht.

Tagebuch eines Wahnsinnigen

3. Oktober

Am heutigen Tag hat sich ein ungewöhnlicher Vorfall ereignet. Ich stand am Morgen ziemlich spät auf, und als mir Mawra die geputzten Stiefel brachte, fragte ich, wieviel Uhr es sei. Als ich hörte, daß es schon längst zehn Uhr geschlagen habe, zog ich mich in aller Eile an. Ich muß zugeben, am liebsten wäre ich gar nicht ins Departement gegangen, weil ich wußte, was für eine säuerliche Miene unser Abteilungsleiter machen würde. Schon seit langem fragt er mich immer wieder: »Was ist das eigentlich für ein Wirrwarr in deinem Kopf, mein Lieber? Manchmal jagst du herum wie von der Tarantel gestochen und richtest ein solches Durcheinander an, daß sich der Teufel selbst nicht mehr auskennt, schreibst die Titel mit kleinen Buchstaben und gibst weder Datum noch Aktennummer an.« Verdammter Schwätzer! Wahrscheinlich beneidet er mich, weil ich im Arbeitszimmer des Direktors sitze und für seine Exzellenz die Federn zuschneide. Mit einem Wort, ich wäre nicht ins Departement gegangen, hätte ich nicht die Hoffnung gehabt, den Kassierer zu sehen und diesen

Juden wenigstens um einen kleinen Gehaltsvorschuß zu bitten. Auch so eine Kreatur! Bis der auch nur einmal für einen Monat das Geld vorschießt – du meine Güte, eher bricht das Jüngste Gericht an. Da kann man bitten und betteln und ganz fürchterlich in der Klemme stecken – der alte Teufel gibt einfach nichts her. Aber in der Wohnung ohrfeigt ihn seine eigene Köchin. Das ist aller Welt bekannt. Ich sehe keinen Vorteil darin, in einem Departement zu dienen. Da hat man doch überhaupt keine Ressourcen. Da ist es bei der Gouvernementsverwaltung, in den Zivil- und Finanzämtern ganz anders: Hockt da so einer in die Ecke gedrückt und schreibt und schreibt. Hat einen abscheulichen Frack an und eine Visage, daß man hineinspucken möchte; aber sieht man genauer hin, dann hat er sich eine ganze Datscha gemietet! Vergoldete Porzellantassen darfst du ihm nicht mitbringen: »Das ist so ein Geschenk für einen Doktor«, bekommt man dann zu hören. Nein, ihm muß man schon ein Paar Traber präsentieren oder eine Kutsche, oder einen Biberpelz im Wert von dreihundert Rubel. Was für einen zartfühlenden Eindruck er macht, wie rücksichtsvoll er sagt: »Könnten Sie mir, bitte, das Messerchen kurz leihen, damit ich das Federchen zuschneiden kann?« Und dabei nimmt er die Bittsteller nach Strich und Faden aus, daß ihnen grade noch das Hemd auf dem Leibe bleibt. Gewiß, dafür ist bei uns der Dienst vornehmer, in allem herrscht eine Sauberkeit, wie sie in der Gouvernementsverwaltung nie im Leben zu sehen sein wird; die Tische sind aus Mahagoni, und alle Abteilungsleiter sind per »Sie«. Ehrlich gesagt, wenn diese Vornehmheit nicht wäre, ich hätte den Dienst schon längst quittiert.

Ich zog meinen alten Mantel an und nahm einen Schirm, weil es in Strömen regnete. Die Straßen waren menschenleer; nur einige Weiber, die sich die Röcke über den Kopf gezogen hatten, russische Kaufleute mit Regenschirmen und dann noch ein paar Kuriere kamen mir entgegen. Von besseren Leuten lief mir nur ein Beamter, ein Kollege, in den Weg. Als ich ihn sah, sagte ich sogleich zu mir: Aha, mein Täubchen, du gehst nicht ins Departement, du läufst dem Frauenzimmer da vorne nach und beguckst dir ihre Beine. Was ist unsereiner, der Beamte, doch für ein Tier! Der steht einem Offizier in nichts nach: Da muß nur eine im Hut vorübergehn, schon heftet er sich ihr an die Fersen. Gerade als ich das dachte, sah ich eine Kutsche an dem Kaufladen vorfahren, an dem ich eben vorbeiging. Ich erkannte sie sogleich: Es war die Kutsche unseres Direktors. Der hat doch jetzt nichts im Laden zu besorgen, dachte ich, wahrscheinlich ist es seine Tochter. Ich drückte mich an die Wand. Der Lakai öffnete die Wagentür, und leicht wie ein Vögelchen flatterte sie aus dem Wagen. Wie sie so nach rechts und nach links blickte, wie sie dabei Augen und

Brauen spielen ließ ... O mein Gott! Ich war verloren, ich war völlig verloren. Warum nur mußte sie bei so einem Regenwetter ausfahren. Da soll noch einer sagen, daß die Frauen von all diesen bunten Fetzen nicht hingerissen seien. Sie erkannte mich nicht, und ich verkroch mich auch, so gut es ging, in meinen Mantel, denn dieser war ziemlich fleckig und außerdem völlig aus der Mode. Heute trägt man Mäntel mit langen Kragen; ich aber hatte nur kurze, übereinanderliegende Kragen, und das Tuch war auch schon ziemlich abgetragen. Ihr Hündchen, das nicht rechtzeitig durch die Ladentür schlüpfen konnte, blieb draußen. Ich kenne dieses Hündchen. Es heißt Madgy. Ich stand noch keine Minute da, als ich plötzlich ein feines Stimmchen hörte: »Guten Tag, Madgy!« Na so was! Wer spricht denn da? Ich blickte mich um und sah zwei Damen unterm Regenschirm gehen: eine alte und eine junge. Sie waren aber schon an mir vorüber, da ertönte es wieder neben mir: »Schäm dich, Madgy!« Teufel auch! Da sah ich, wie Madgy sich mit dem kleinen Hündchen beschnupperte, das hinter den Damen herlief. Oha! sagte ich zu mir, ich bin wohl betrunken. Obwohl: Wann bin ich das schon mal? »Nein, Fidèle, du irrst dich« – ich sah's mit eigenen Augen, wie Madgy das sprach – »ich war, wau, wau! ich war, wau, wau, wau! sehr krank!« Nein, so ein Hündchen! Offengestanden war ich sehr erstaunt, als ich es wie einen Menschen sprechen hörte. Aber später, als ich mir das alles recht überlegt hatte, wunderte ich mich nicht mehr. Sind doch auf der Welt eine Vielzahl ähnlicher Fälle vorgekommen. In England, so heißt es, sei ein Fisch ans Ufer geschwommen und habe zwei Worte in einer so seltsamen Sprache gesprochen, daß die Gelehrten nun schon seit drei Jahren daran herumrätseln und bis heute nichts herausgekriegt haben. Und dann habe ich in der Zeitung gelesen, daß zwei Kühe in einen Laden kamen und ein Pfund Tee verlangten. Doch weit mehr, das muß ich zugeben, erstaunte mich, als Madgy plötzlich sagte: »Ich habe dir doch geschrieben, Fidèle; aber wahrscheinlich hat Polkan meinen Brief nicht abgegeben!« Ich will auf mein Gehalt verzichten, wenn ich je davon gehört habe, daß ein Hund schreiben kann. Richtig schreiben kann nur ein Edelmann. Freilich schreiben auch manche Kaufleute und Kontoristen und bisweilen auch das leibeigene Volk; aber größtenteils schreiben sie rein mechanisch, ohne Punkt und Komma und ohne jeden Stil.

Das setzte mich doch in Erstaunen. Ich muß gestehen, seit einiger Zeit beginne ich gelegentlich Dinge zu hören und zu sehen, wie ich sie bisher noch nie gehört und gesehen habe. Ich will doch einmal diesem Hündchen nachgehen, sprach ich zu mir, und sehen, was das mit ihm auf sich hat und was es so denkt.

Ich spannte meinen Schirm auf und folgte den

beiden Damen. Wir kamen in die Gorochowaja, bogen sodann in die Meschtschanskaja ein, von dort ging's in die Stoljarnaja, dann wandten wir uns schließlich zur Kokuschkin-Brücke und blieben vor einem großen Haus stehen. Dieses Haus kenne ich, sagte ich mir, das ist Swerkows Haus. So ein Kasten! Was da für ein Volk drin wohnt: lauter Köchinnen, lauter Zugereiste! Und unsereins, die Beamten – wie die Heringe, einer über dem andern. Hier habe ich auch einen Freund, der schön auf der Trompete bläst. Die Damen stiegen in den fünften Stock. Gut, dachte ich, jetzt gehe ich nicht weiter, ich will mir nur den Ort merken und bei der nächsten Gelegenheit meinen Nutzen daraus ziehen.

4. Oktober

Heute ist Mittwoch, und darum arbeite ich im Zimmer unseres Chefs. Ich kam absichtlich ein bißchen früher, setzte mich hin und schnitt alle Federn zu. Unser Direktor muß ein sehr gescheiter Mensch sein. Sein ganzes Zimmer ist vollgestellt mit Bücherschränken. Ich las von einigen Büchern die Titel: lauter Wissenschaft, solch eine Wissenschaft, die unsereinem überhaupt nicht zugänglich ist, alles entweder auf französisch oder auf deutsch. Und wenn man ihm ins Gesicht sieht – oh, was für eine Würde in seinen Augen blitzt! Niemals habe ich gehört, daß er ein überflüssiges Wort gesagt hätte. Höchstens, wenn man ihm eine Akte vorlegt, fragt er mal: »Wie ist es draußen?« – »Feucht, Euer Exzellenz!« Ja, das ist etwas anderes als unsereins! Ein Staatsmann. Ich merke übrigens, daß er mich besonders gern hat. Wenn doch auch sein Töchterchen ... ach, so eine Niedertracht! ... Nein, nein, stillgeschwiegen! Las dann die Zeitung. Ein dummes Volk, diese Franzosen! Was wollen die eigentlich? Am liebsten würde ich sie mir vornehmen und alle der Reihe nach tüchtig durchprügeln! Ich habe da auch eine sehr hübsche Beschreibung eines Balles gelesen, verfaßt von einem Gutsbesitzer aus Kursk. Die Kursker Gutsbesitzer schreiben gut. Dann bemerkte ich, daß es schon halb eins war, unser Chef war aber noch immer nicht aus seinem Schlafzimmer herausgekommen. Etwa um halb zwei aber ereignete sich ein Vorfall, wie ihn keine Feder zu beschreiben vermag. Die Tür ging auf, ich, im Glauben, es wäre der Chef, sprang mit den Akten vom Stuhl auf; aber es war sie, sie selbst war's! Alle Heiligen, wie sie angezogen war! Sie trug ein weißes Kleid, weiß wie ein Schwan. Das war eine Pracht! Und wie sie dreinschaute: wie die Sonne, bei Gott, wie die Sonne! Sie grüßte und fragte: »Ist Papa hier gewesen?« Ei, ei, ei, was für eine Stimme! Das reinste Kanarienvögelchen, wahrhaftig! Euer Exzellenz, wollte ich schon sagen, strafen Sie mich nicht, aber wenn es schon sein muß, dann nur mit Ihrer eigenen hochwohlgeborenen Hand. Aber hol's der Teufel, die Zunge gehorchte mir nicht, und ich sagte bloß: »Nein, zu Diensten.« Sie blickte auf mich, auf die Bücher und ließ ihr Taschentuch fallen. Ich stürzte sofort hinzu, rutschte aber auf dem verflixten Parkett aus und hätte mir beinahe die Nase zerschlagen, hielt mich aber grade noch und hob das Tuch auf. Alle Heiligen, was für ein Tuch. Aus dem zartesten Batist – Ambra, echte Ambra. Es duftete nur so nach Generalsrang. Sie bedankte sich, lächelte dabei unmerklich, so daß ihre kleinen Zuckerlippen sich kaum bewegten, und verließ darauf das Zimmer. Ich saß noch eine Stunde da, als plötzlich der Lakai hereinkam und sagte: »Gehen Sie ruhig nach Hause, Aksentij Iwanowitsch, der gnädige Herr ist fortgefahren.« Ich kann dieses Lakaienvolk nicht ausstehen: Immer lümmelt es im Vorzimmer herum und nimmt sich kaum die Mühe, einem zur Begrüßung zuzunicken. Aber das ist noch längst nicht alles: Einmal kam eines dieser Viecher gar auf die Idee, mir, ohne sich vom Stuhl zu erheben, eine Prise anzubieten. Ja, weißt du denn nicht, du dummer Kerl, daß ich Beamter, daß ich von vornehmer Herkunft bin? Aber ich griff nach dem Hut und zog mir den Mantel selbst an, denn diese Herrschaften helfen einem ja doch nie hinein, und ging hinaus. Zu Hause lag ich dann meistens auf dem Bett. Schrieb dann später sehr schöne Verschen ab: »Sah mein Lieb ein Stündlein nicht – war, als sei ein Jahr vergangen; dachte schon, das Herz mir bricht – leb ich noch? fragt ich voll Bangen.« Vielleicht von Puschkin. Gegen Abend ging ich, in meinen Mantel gehüllt, zur Auffahrt des Hauses Ihrer Exzellenz und wartete lange, ob sie nicht herauskäme und in den Wagen stiege, damit ich sie wenigstens noch einmal sehen könnte – aber nein, sie kam nicht.

6. November

Der Abteilungsleiter hat mich mächtig in Wut gebracht. Als ich ins Departement kam, ließ er mich rufen und begann so zu mir zu sprechen: »Nun, sag einmal, was machst du da eigentlich?« – »Wieso? Gar nichts mach' ich«, gab ich zur Antwort. – »Denk mal ordentlich nach. Du bist doch schon über vierzig, Zeit, Vernunft anzunehmen. Wie stellst du dir das eigentlich vor? Du glaubst wohl, ich kenne deine Schliche nicht? Du machst der Tochter des Chefs den Hof. Aber jetzt betrachte doch mal deine Lage und überlege, was du bist! Du bist doch eine Null, weiter nichts. Du hast ja keinen Groschen in der Tasche. Sieh dich doch mal im Spiegel an – wie kannst du an so was auch nur denken!« Hol's der Teufel – und er? Der hat doch ein Gesicht wie eine Medizinflasche, und auf dem Kopf hat er ein Büschel Haare, zu einer Locke zusammengedreht und mit einer nach irgendeinem Rosenwässerchen duftenden Pomade nach oben gebürstet, und da denkt er, er kann alles. Ich verstehe aber ganz gut, warum er so giftig ist. Das ist der Neid: Er hat vielleicht einige, vorzüglich mir erwiesene Zeichen von Wohlgeneigtheit bemerkt. Aber ich spucke auf ihn! Was ist das schon – ein Hofrat! Hängt sich ein goldenes Kettchen an die Uhr, bestellt Stiefel für dreißig Rubel. Zum Teufel mit ihm! Stamme ich etwa von Kleinbürgern ab, von einem Schneider oder einem Unteroffizier? Ich bin ein Edelmann. Ich kann mich schließlich auch hinaufdienen. Ich bin erst zweiundvierzig Jahre alt – genau das Alter, bei dem die Karriere erst richtig beginnt. Warte, Freundchen! Auch wir werden einmal Oberst sein, mit Gottes Hilfe sogar noch ein bißchen mehr. Dann werden auch wir uns eine Reputation verschaffen, und eine größere als die deinige. Bildest dir wohl ein, daß es außer dir keine anständigen Menschen mehr gibt? Gib mir einen maßgeschneiderten, modischen Frack, und wenn ich mir dann noch eine Krawatte umbinde, wie du eine hast, dann reichst du mir nicht mal bis zu den Stiefelabsätzen. Aber ich bin mittellos – das ist das Unglück.

8. November

Ich war im Theater. Man spielte den russischen Narren »Filatka«. Ich habe sehr gelacht. Dann gab's noch ein Vaudeville mit unterhaltsamen Verschen auf die Gerichtsbeamten, besonders auf einen Kollegienregistrator – recht freizügig, wundert mich, wie die Zensur das durchlassen konnte; von den Kaufleuten aber wird direkt gesagt, daß sie das Volk betrügen und daß ihre Söhnchen ein ausschweifendes Leben führen und die Adligen spielen. Auch über die Journalisten gab es ein sehr vergnügliches Couplet: daß sie über alles zu schimpfen lieben und daß der Autor das Publikum um Schutz bittet. Sehr amüsante Stücke schreiben die heutigen Autoren. Ich bin gern im Theater. Wenn sich auch nur ein Groschen in meiner Tasche findet, muß ich unbedingt hin. Aber unter unsereinem, den Beamten, gibt es doch tatsächlich manche Schweinekerle: Um keinen Preis gehn die ins Theater, diese Lümmel, auch wenn sie die Eintrittskarte geschenkt bekommen. Eine Schauspielerin hat sehr schön gesungen. Sie erinnerte mich an jene ... ach, diese Niedertracht! ... Nein, nein, stillgeschwiegen.

9. November

Um acht Uhr ging ich ins Departement. Der Abteilungsleiter gab sich den Anschein, als bemerke er mein Kommen gar nicht. Und auch ich tat, als hätte es zwischen uns nichts gegeben. Ich sah Aktenstücke durch und überprüfte sie. Um vier ging ich. Kam an der Wohnung des Direktors vorbei, aber es war niemand zu sehen. Nach dem Essen lag ich die meiste Zeit auf dem Bett.

11. November

Heute saß ich im Arbeitszimmer unseres Direktors und schnitt für ihn dreiundzwanzig Federn zurecht und für sie – ach, ach! – für Ihre Exzellenz vier Federn. Er hat es gern, wenn möglichst viele Federn auf seinem Tisch vorhanden sind. Oh je, muß das ein Kopf sein! Er schweigt die ganze Zeit, aber bei sich, glaube ich, überlegt er alles ganz genau. Zu gerne wüßte ich, worüber er am meisten nachdenkt, was sich da tut in diesem Kopf. Würde gerne aus nächster Nähe das Leben dieser Herrschaften in Augenschein nehmen, all diese höfischen Anspielungen und Intrigen: wie sie so sind, was sie so tun in ihren Kreisen – das wüßte ich schon gern! Ich habe schon ein paarmal daran gedacht, mit seiner Exzellenz eine Unterhaltung anzuknüpfen, aber, hol's der Teufel, meine Zunge will mir einfach nicht gehorchen: Und da sagt man eben nur, ob es draußen kalt oder warm ist, und sonst bringt man einfach nichts heraus. Auch würde ich gern mal einen Blick in den Salon werfen, den man nur gelegentlich durch einen Türspalt sehen kann; und in das Zimmer hinter dem Salon. Gott, was für eine luxuriöse Einrichtung! Was für Spiegel und Porzellan! Gern würde ich auch mal in jenen Teil der Wohnung hineinschauen, wo Ihre Exzellenz wohnt – ja, dort! Ins Boudoir: wie dort all diese zarten Döschen und Flakons und Blumen stehn, die man wohl nicht mal anzuhauchen wagt; wie dort ihr abgelegtes Kleid liegt, mehr ein Duft als ein Kleid. Gern würde ich einen Blick in ihr Schlafzimmer werfen ... Dort muß es Wunder geben, denke ich; dort muß ein Paradies sein, wie selbst der Himmel keines hat. Schon allein das Bänkchen anzusehen, auf das sie beim Aufstehen ihren Fuß stützt, und wie über dieses Füßchen ein schneeweißer Strumpf gezogen wird ... Ai! Ai! Ai! Nein, nein ... stillgeschwiegen.

Heute hatte ich übrigens eine Erleuchtung: Ich entsann mich des Gesprächs der beiden Hündchen, das ich auf dem Newskij Prospekt belauscht hatte. Ausgezeichnet, dachte ich bei mir, jetzt bekomme ich alles heraus. Ich muß nur die Korrespondenz abfangen, die diese beiden Köterchen miteinander führen. Daraus werde ich schon das eine oder andere erfahren. Einmal, ich gestehe es, habe ich sogar schon Madgy zur mir herangelockt und zu ihr gesagt: »Hör mal, Madgy, wir sind gerade allein; wenn du willst, kann ich auch die Tür noch zusperren, so daß niemand etwas sieht – und jetzt erzähl mir mal alles, was du über deine Herrin weißt, wie sie ist und was sie so macht. Ich schwöre dir, ich sag es niemandem weiter.« Aber das schlaue Hündchen zog nur den Schwanz ein, duckte sich und ging leise zur Tür hinaus, als hätte es überhaupt nichts gehört. Ich habe schon längst vermutet, daß die Hunde weit klüger sind als die Menschen; ich bin sogar überzeugt, daß sie sprechen können, es aber aus Eigensinn nicht tun. Sie sind ausgezeichnete Politiker: Sie wissen alles, beobachten alle Schritte der Menschen. Nein, koste es, was es wolle: Morgen begebe ich mich in Swerkows Haus, frage Fidèle aus, und wenn es glückt, erwische ich all die Briefe, die Madgy ihr geschrieben hat.

12. November

Um zwei Uhr nachmittags ging ich mit dem festen Vorsatz dorthin, Fidèle zu sprechen und sie auszufragen. Ich kann diesen Kohlgeruch nicht ertragen, der einem aus allen Kramläden der Meschtanskaja entgegenschlägt; zudem drang aus sämtlichen Hauspforten ein solcher Höllengestank hervor, daß ich mir die Nase zuhielt und lief, was ich konnte. Und dann lassen diese gemeinen Handwerker eine solche Menge Ruß und Rauch aus ihren Werkstätten aufsteigen, daß ein anständiger Mensch hier einfach nicht promenieren kann. Als ich in den fünften Stock gelangt war und die Klingel zog, kam ein sommersprossiges Mädchen heraus, das gar nicht übel aussah. Ich erkannte sie: Das war dieselbe, die damals mit der alten Frau gegangen war. Sie errötete ein wenig, und ich kapierte sofort: Einen Bräutigam möchtest du, meine Liebe. »Was wünschen Sie?« fragte sie. »Ich muß mit Ihrem Hündchen sprechen.« Das Mädchen war dumm! Ich erkannte gleich, daß sie dumm war! Unterdessen kam das Hündchen mit Gebell herbeigesprungen; ich wollte es packen, aber das Miststück hätte mich beinahe in die Nase gebissen. Da bemerkte ich in der Ecke sein Schlafkörbchen. Na also, genau das brauchte ich doch! Ich ging hin, wühlte das Stroh durch und zog zu meinem großen Vergnügen ein Bündel kleiner Papierblättchen heraus. Als das garstige Hündchen dieses sah, biß es mich in die Wade; dann aber, als es sah, daß ich die Papiere bereits an mich genommen hatte, begann es zu winseln und schönzutun – aber ich sagte: »Nein, mein Täubchen, adieu!« und stürzte davon. Ich glaube, das Mädelchen muß mich für einen Verrückten gehalten haben, denn es erschrak über die Maßen. Zu Hause wollte ich mich sofort an die

Arbeit machen und diese Briefe entziffern, weil ich bei Kerzenlicht nicht gut sehe. Aber Mawra war es plötzlich eingefallen, den Fußboden zu schrubben. Diese stumpfsinnigen Trampel bekommen immer zur Unzeit ihren Sauberkeitsfimmel. Deshalb beschloß ich, ein paar Schritte zu machen und mir die Angelegenheit durch den Kopf gehen zu lassen. Jetzt also werde ich endlich all diese Intrigen und Absichten erkennen und der ganzen Sache auf den Grund kommen. Diese Briefe werden mir alles offenbaren. Hunde sind ein kluges Volk, sie kennen all diese politischen Verhältnisse, und deshalb wird dort sicher auch alles drinstehen, was ich brauche: das genaue Bild und alle Pläne dieses Mannes. Dort wird auch irgend etwas über jene stehen, welche... nichts, stillgeschwiegen... Gegen Abend kam ich nach Hause. Die meiste Zeit lag ich auf meinem Bett.

13. November

Und jetzt wollen wir mal sehen: ein ziemlich leserlicher Brief. An der Handschrift ist allerdings etwas unverkennbar Hündisches. Lesen wir also:

»Liebe Fidèle, ich kann mich immer noch nicht an deinen kleinbürgerlichen Namen gewöhnen. Konnte man dir denn keinen besseren geben? Fidèle, Rosa – das ist doch abgeschmackt! Aber lassen wir das. Ich bin sehr froh, daß wir auf den Gedanken gekommen sind, einander zu schreiben.«

Der Brief stimmt in allem. Die Interpunktion und sogar das Dehnungszeichen stehen immer richtig. So gut schreibt nicht einmal unser Abteilungsleiter, obwohl er behauptet, irgendeine Universität besucht zu haben. Sehen wir weiter:

»Mir scheint, Gedanken, Gefühle und Eindrücke mit anderen zu teilen, ist eine der größten Wohltaten auf Erden.«

Hm! Dieser Gedanke stammt aus einem Werk, das aus dem Deutschen übersetzt ist; an den Titel erinnere ich mich nicht.

»Ich sage das aus Erfahrung, auch, wenn ich auf der Welt nicht viel weiter herumgekommen bin als bis vor das Tor unseres Hauses. Ist mein Leben nicht ein einziges Wohlbehagen? Meine Herrin, die von Papa ›Sophie‹ gerufen wird, liebt mich bis zur Bewußtlosigkeit.«

Ei, ei! ... Nichts, nichts. Stillgeschwiegen!

»Auch Papa liebkost mich sehr häufig. Ich trinke Tee und Kaffee mit Sahne. Ach, ma chère, ich muß Dir sagen, daß ich an den großen, abgenagten Knochen, wie sie unser Kolpan in der Küche frißt, nicht das geringste Vergnügen finde. Knochen sind nur gut vom Wild, und auch nur, wenn noch niemand das Mark ausgesogen hat. Sehr lecker ist es, mehrere Saucen zu mischen, aber ohne Kapern und Grünzeug; und ich kenne keine schlimmere Gewohnheit, als uns Hunden vom Tisch Brotkügelchen zu geben. Da beginnt irgendein am Tisch sitzender Herr, der allerlei ekliges Zeug in seinen Händen gehabt hat, mit eben diesen Händen Brot zu kneten, ruft dich herbei und schiebt Dir ein Kügelchen zwischen die Zähne. Sich zu weigern wäre unhöflich, also ißt du es eben; mit Widerwillen, aber du ißt es...«

Weiß der Kuckuck, was das soll! So ein Quatsch! Als ob es nichts Besseres zu schreiben gäbe. Schauen wir auf der nächsten Seite, ob da nicht etwas Vernünftigeres steht.

»Ich bin gern bereit, Dich von allen Ereignissen, die sich bei uns zutragen, in Kenntnis zu setzen. Ich habe dir schon ein wenig von jenem äußerst wichtigen Herrn erzählt, den Sophie ›Papa‹ nennt. Es ist dies ein sehr sonderbarer Mensch.«

Ah, endlich! Ich weiß doch, die haben einen durch und durch politischen Blick für alle Dinge; sehen wir also, was mit Papa los ist:

»... sehr sonderbarer Mensch. Meistens schweigt er. Sprechen tut er selten. Vor einer Woche jedoch redete er ununterbrochen vor sich hin: ›Bekomme ich's, oder bekomme ich's nicht?‹ Dabei nahm er in die eine Hand ein Stück Papier, die andere ballte er zur Faust und sagte: ›Bekomme ich's, oder bekomme ich's nicht?‹ Einmal wandte er sich auch an mich mit der Frage: ›Was meinst du, Madgy? Bekomme ich's, oder bekomme ich's nicht?‹ Ich verstand überhaupt nichts, schnupperte ein bißchen an seinen Stiefeln und ging fort. Eine Woche später, meine Liebe, kam Papa in großer Freude nach Hause. Den ganzen Vormittag besuchten ihn Herren in Uniform, die ihm zu irgend etwas gratulierten. Bei Tisch war er so aufgeräumt, wie ich ihn noch nie gesehen habe, sogar lustige Geschichten erzählte er. Und nach dem Essen hob er mich zu seinem Hals hinauf und sagte: ›Sieh mal, Madgy, was das ist.‹ Ich erblickte irgendein Bändchen. Ich beschnupperte es, fand aber nicht den geringsten Duft; schließlich leckte ich ganz vorsichtig daran: ein bißchen salzig.«

Hm! Mir scheint, dieses Hündchen geht ein bißchen zu weit... Daß es nicht noch Prügel bezieht! Aha, ehrgeizig ist er also! Muß man sich merken.

»Leb wohl, ma chère! Ich eile, usw. usw.... Morgen beende ich diesen Brief. – Guten Tag, meine Liebe, da bin ich wieder! Heute war meine Herrin Sophie...«

Also, dann sehen wir mal, was mit Sophie ist. Ach, diese Nichtswürdigkeit!... Nein, nein, fahren wir fort.

»... meine Herrin Sophie war in höchster Aufregung. Sie wollte auf einen Ball, und ich freute mich schon, daß ich Dir in ihrer Abwesenheit schreiben könnte. Meine Sophie freut sich ganz fürchterlich, wenn sie auf einen Ball gehen kann, obwohl sie beim Ankleiden fast immer böse wird. Ich kann absolut nicht begreifen, ma chère, was daran so vergnüglich sein soll. Sophie kommt immer erst um sechs Uhr früh von einem Ball nach Hause, und fast immer erkenne ich an ihrem bleichen und verstörten Aussehen, daß sie dort nichts zu essen bekommen hat. Ich muß gestehen, ich könnte so nicht leben. Wenn ich nicht Haselhuhn mit Sauce oder gebratene Hühnerflügel bekäme, dann ... ich weiß nicht, was mit mir geschehen würde. Gut ist auch eine Sauce mit Grütze. Karotten dagegen, Rüben oder Artischocken werden mir niemals schmekken ...«

Ein sehr ungleichmäßiger Stil. Man sieht gleich, daß das kein Mensch geschrieben hat. Es fängt ganz anständig an und endet hundsmäßig. Sehen wir uns doch noch ein Briefchen an. Ein bißchen lang, wie's scheint. Und trägt auch kein Datum.

»Ach, Liebste, wie spürt man doch das Nahen des Frühlings! Mein Herz schlägt wie in ständiger Erwartung. In meinen Ohren ist ein ewiges Rauschen, so daß ich oftmals mit erhobener Pfote ganze Minuten an der Tür stehe und lausche. Ich muß Dir eröffnen, daß ich viele Verehrer habe. Oft sitze ich auf dem Fensterbrett und sehe sie mir an. Wenn Du wüßtest, was für Mißgeburten darunter sind! Da gibt es so einen grobschlächtigen Hofhund, die Dummheit ist ihm ins Gesicht geschrieben; der stolziert wichtigtuerisch über die Straße, in der Meinung, daß er eine besondere Persönlichkeit sei und sich alle in ihn vergaffen müßten. Keine Spur. Ich habe ihn überhaupt nicht beachtet, als hätte ich ihn gar nicht gesehen. Aber was für eine fürchterliche Dogge vor meinem Fenster oft stehenbleibt! Wenn der sich auf die Hinterbeine stellt – wozu dieser Grobian aber kaum imstande sein dürfte –, so überragt er den Papa meiner Sophie um einen ganzen Kopf, und der ist doch selber ziemlich hochgewachsen und korpulent. Dieser Lümmel ist höchstwahrscheinlich ein entsetzlicher Frechling. Ich habe ihn mal angeknurrt, aber das hat ihn überhaupt nicht gestört. Wenn er wenigstens die Haare gesträubt hätte! Aber er streckte nur die Zunge heraus, ließ seine gewaltigen Ohren hängen und glotzte in das Fenster – so ein Bauernlümmel! Aber solltest Du wirklich glauben, mein Herz sei gegenüber all dem Werben unempfindlich? Ach nein … Wenn Du nur einen gewissen Kavalier gesehen hättest, der öfters über den Zaun des Nachbarhauses springt, mit Namen Trésor … Ach, ma chère, was für ein Schnäuzchen er hat! …«

Pfui Teufel! So ein Quatsch! … Wie kann man nur ganze Briefe mit einem solchen Unsinn füllen. Gebt mir einen Menschen! Einen Menschen will ich sehen. Ich verlange Nahrung, die Balsam ist für meine Seele. Statt dessen aber diese Dummheiten … Überschlagen wir eine Seite, vielleicht wird es besser:

»… Sophie saß am Tischchen und nähte. Ich sah

durchs Fenster, weil es mir Spaß macht, die Passanten zu betrachten. Da trat plötzlich der Lakai ein und meldete: ›Herr Teplow!‹ ›Ich lasse bitten‹, rief Sophie und umarmte mich stürmisch. ›Ach, Madgy, Madgy! Wenn du wüßtest, wer das ist: ein Brünetter, ein Kammerjunker, und was für Augen! Schwarz und leuchtend sind sie wie Feuer‹, und Sophie eilte in ihr Zimmer. Eine Minute später kam ein junger Kammerjunker mit schwarzem Backenbart herein, trat vor den Spiegel, glättete sich das Haar und sah sich im Zimmer um. Ich knurrte und setzte mich auf meinen Platz. Sophie kam bald herein und verneigte sich lachend auf seinen Kratzfuß hin; ich selber aber tat, als ob ich nichts bemerkte und schaute weiter zum Fenster hinaus; insgeheim jedoch neigte ich den Kopf ein wenig zur Seite und versuchte zu verstehen, worüber sie sprachen. Ach, ma chère, was für einen Unsinn die zusammenredeten! Sie sprachen davon, wie eine Dame beim Tanzen statt einer bestimmten Figur eine andere gemacht hätte, daß ein gewisser Bobow in seinem Jabot wie ein Storch ausgesehen habe und beinahe hingefallen wäre; daß irgendeine Lidina sich einbilde, sie habe hellblaue Augen, wo sie in Wirklichkeit grün seien – und ähnliches mehr. Du meine Güte! dachte ich bei mir. Kein Vergleich mit Trésor. Was für ein himmelweiter Unterschied! Erstens hat der Kammerjunker ein völlig glattes und breites Gesicht, und ringsum einen Backenbart, als hätte er sich ein schwarzes Tuch umgebunden; Trésor dagegen hat ein feines, zartes Schnäuzchen und mitten auf der Stirn einen weißen Fleck. Auch läßt sich Trésors Taille überhaupt nicht mit der des Kammerjunkers vergleichen. Und seine Augen, seine Manieren, seine ganze Art, sich zu geben, das ist doch etwas ganz anderes. Oh, was für ein Unterschied! Ich weiß wirklich nicht, ma chère, was sie an ihrem Teplow gefunden hat. Warum ist sie von ihm nur so hingerissen?...«

Auch mir scheint da etwas nicht zu stimmen. Es ist doch nicht möglich, daß der Kammerjunker sie derart bezaubert haben soll. Sehen wir weiter:

»Mir scheint, wenn ihr dieser Kammerjunker gefällt, dann wird sie wohl auch noch an jenem Beamten Gefallen finden, der bei Papa im Arbeitszimmer sitzt. Ach, ma chère, wenn Du nur wüßtest, was das für eine Mißgeburt ist! Wie eine Schildkröte im Sack...«

Was mag das wohl für ein Beamter sein?

»Sein Nachname ist höchst merkwürdig. Immer sitzt er da und schneidet Federn zu. Das Haar auf seinem Kopf sieht aus wie ein Büschel Heu. Papa schickt ihn immer anstelle des Lakaien...«

Mir scheint, dieser freche Hund spielt auf mich an. Wieso sehen meine Haare aus wie Heu?

»Sophie kann sich kaum das Lachen verbeißen, wenn sie ihn ansicht.«

Du lügst, du verdammtes Hundevieh! Was für

eine dreiste Zunge! Als ob ich nicht wüßte, daß das alles aus bloßem Neid geschieht. Als ob ich nicht wüßte, wer da dahinter steckt. Das sind die Machenschaften des Abteilungsleiters. Hat mir dieser Mensch doch unversöhnlichen Haß geschworen – und nun schädigt er mich, wo er nur kann, bei jeder Gelegenheit. Aber sehen wir uns noch einen Brief an. Vielleicht klärt sich dann die ganze Sache von selbst auf.

»Ma chère Fidèle, entschuldige bitte, daß ich so lange nicht geschrieben habe. Ich war wie in einem Rausch des Entzückens. Wie recht hat jener Schriftsteller, der gesagt hat, die Liebe sei ein zweites Leben. Außerdem gibt es bei uns im Hause große Veränderungen. Der Kammerjunker ist jetzt jeden Tag bei uns. Sophie ist wahnsinnig verliebt. Papa ist sehr vergnügt. Von unserem Grigorij, der die Böden fegt und meist Selbstgespräche führt, habe ich sogar erfahren, daß bald Hochzeit sein wird, weil Papa seine Sophie unbedingt mit einem General oder einem Kammerjunker oder einem Militäroberst verheiratet sehen will...«

Hol's der Teufel! Ich kann nicht mehr weiterlesen... Immer ist da ein Kammerjunker oder ein General. Alles, was es an Schönem auf der Welt gibt, fällt Kammerjunkern oder Generälen zu. Da findet man einen bescheidenen Schatz und glaubt, ihn schon mit seinen Händen zu fassen – da wird er einem von einem Kammerjunker oder einem General entrissen. Teufel auch! Ich würde gern selbst einmal General sein. Nicht, um ihre Hand und so weiter zu gewinnen. Nein, ich möchte nur zu dem Zweck General sein, um zu sehen, wie sie vor mir kriechen, all diese höfischen Stückchen aufführen und ihr doppeltes Spiel treiben, und um ihnen dann zu sagen, daß ich auf sie beide pfeife! Hol's der Teufel! Nur Verdruß! Die Briefe dieses dummen Hundes habe ich in Fetzen zerrissen.

3. Dezember

Unmöglich. Leeres Geschwätz. Es wird keine Hochzeit geben! Was heißt das schon: Kammerjunker. Das ist doch nichts weiter als ein Titel; nichts Sichtbares, das man mit Händen greifen könnte. Davon, daß man Kammerjunker ist, bekommt man ja kein drittes Auge auf der Stirn. Und seine Nase ist auch nicht aus Gold gemacht, sie ist so wie bei mir und bei jedem anderen; und essen tut er auch nicht mit ihr, sondern riechen, und er hustet nicht mit ihr, sondern niest damit. Ich wollte schon längst einmal herausfinden, woher all diese Unterschiede kommen. Warum und wozu bin ich nur Titularrat. Vielleicht bin ich ein Graf oder ein General und scheine nur ein Titularrat zu sein? Vielleicht weiß ich selbst nicht, wer ich in Wirklichkeit bin? Dafür gibt es in der Geschichte ja genügend

Beispiele: Irgendein Mann, nicht etwa ein Edelmann, nein, einfach irgendein Kleinbürger oder sogar ein Bauer – und plötzlich stellt es sich heraus, daß er ein hoher Würdenträger oder sogar ein Herrscher ist. Wenn so etwas bisweilen bei einem Bauern herauskommt, was dann erst bei einem Edelmann? So könnte ich doch, nur ein Beispiel, plötzlich in Generalsuniform bei ihnen hereinspazieren: auf der rechten Schulter Epauletten, auf der linken Schulter Epauletten, über der Brust ein blaues Band – na? Wie würde sie da zu singen anfangen, meine Schöne! Und was würde wohl der Herr Papa, unser Direktor, sagen? Oh, das ist ein großer Streber! Er ist Freimaurer, ganz sicher Freimaurer, auch, wenn er sich noch so verstellen mag – ich hab's sofort gemerkt, daß er Freimaurer ist: Wenn er jemandem die Hand gibt, streckt er ihm bloß zwei Finger entgegen. Ja, kann ich denn nicht noch in diesem Augenblick zum General-Gouverneur ernannt werden, oder zum Intendanten, oder zu sonst etwas? Ich möchte nur mal wissen, warum ich Titularrat bin. Warum gerade Titularrat?

5. Dezember

Heute habe ich den ganzen Morgen Zeitungen gelesen. Sonderbare Dinge geschehen in Spanien. Ich muß sagen, ich bin gar nicht klug daraus geworden. Man schreibt, daß der Thron vakant sei, die Stände sich hinsichtlich der Wahl des Nachfolgers in einer schwierigen Situation befänden und daß Unruhen ausgebrochen seien. Das kommt mir äußerst sonderbar vor. Wie kann es denn sein, daß ein Thron unbesetzt ist? Man sagt, irgendeine Donna würde ihn besteigen. Aber das ist doch unmöglich. Auf einem Thron muß ein König sein. Ja, sagen sie, schon, aber es ist kein König da. Es kann aber nicht sein, daß kein König da ist. Ein König ist sicher da, nur hält er sich irgendwo inkognito auf. Möglicherweise befindet er sich im Lande selbst, aber aus irgendwelchen familiären Gründen oder wegen einer Bedrohung von seiten der Nachbarstaaten – etwa von Frankreich oder anderen Ländern – sieht er sich gezwungen, sich zu verbergen. Oder es gibt da noch irgendwelche andere Gründe.

8. Dezember

Ich war drauf und dran, ins Departement zu gehen, aber verschiedene Gründe und Überlegungen hielten mich zurück. Diese spanischen Angelegenheiten wollen mir einfach nicht aus dem Kopf. Wie kann es denn sein, daß eine Donna plötzlich Königin wird? Das läßt doch niemand zu. Zunächst wird es schon England nicht erlauben. Und dann die politischen Verhältnisse in ganz Europa: der

Kaiser von Österreich, unser Herrscher... Ich muß sagen, all diese Ereignisse haben mich derart erschüttert und niedergeschmettert, daß ich mich den ganzen Tag über mit nichts anderem beschäftigen konnte. Mawra gab mir zu verstehen, daß ich bei Tisch recht zerstreut gewesen sei. Und wirklich, offenbar habe ich in meiner Zerstreutheit zwei Teller zu Boden fallen lassen, so daß sie zerbrachen. Nach dem Essen war ich völlig deprimiert. Ich kam überhaupt nicht weiter. Die meiste Zeit lag ich auf dem Bett und dachte über die spanischen Angelegenheiten nach.

Im Jahre 2000, am 43. April

Der heutige Tag ist ein allerhöchster Feiertag! Spanien hat einen König. Er hat sich gefunden. Der König bin ich. Das habe ich erst heute erfahren. Offen gesagt, es kam wie der Blitz über mich, wie eine Erleuchtung. Ich verstehe nicht, wie ich denken und glauben konnte, ich sei ein Titularrat. Wie konnte mich nur ein so verrückter Gedanke beherrschen? Gut, daß es noch niemandem eingefallen ist, mich dafür ins Irrenhaus zu sperren. Alles liegt jetzt klar vor mir, wie auf der flachen Hand. Ich begreife nicht, daß ich früher alles nur wie im Nebel sah. Ich denke, das kommt daher, daß die Leute sich einbilden, das menschliche Gehirn befinde sich im Kopf.

Keineswegs: Der Wind treibt es vom Kaspischen Meer heran. Zuerst eröffnete ich Mawra, wer ich sei. Als sie hörte, daß der König von Spanien vor ihr stehe, schlug sie die Hände über dem Kopf zusammen und starb fast vor Schreck. Die dumme Gans hat wahrscheinlich noch nie einen spanischen König gesehen. Ich gab mir jedoch Mühe, sie zu beruhigen und sie meiner Gewogenheit zu versichern, auch wenn sie mitunter meine Stiefel schlecht geputzt habe. Sie gehört ja zum niederen Volk; man kann ihm nicht mit höheren Dingen kommen. Sie ist darum so erschrocken, weil sie in der Überzeugung lebte, alle Könige in Spanien müßten Philipp II. gleichen. Aber ich setzte ihr auseinander, daß zwischen mir und König Philipp nicht die geringste Ähnlichkeit bestehe und daß ich keinen einzigen Kapuziner habe. Ins Departement bin ich nicht gegangen ... Der Teufel soll es holen! Nein, meine Lieben, da lockt ihr mich nicht mehr hinein; eure scheußlichen Akten werde ich nicht mehr abschreiben!

Den 86. Märzember,
zwischen Tag und Nacht

Heute erschien unser Exekutor mit der Aufforderung, daß ich ins Departement gehen solle; ich sei schon mehr als drei Wochen nicht mehr im Dienst gewesen. Zum Spaß begab ich mich ins Departement. Der Abteilungsleiter dachte, ich werde mich vor ihm verbeugen und mich entschuldigen; ich aber schaute ihn ganz gleichmütig an, nicht besonders erzürnt, aber auch nicht gerade gnädig, und setzte mich auf meinen Platz, als ob ich niemanden bemerkt hätte. Ich warf einen Blick auf das ganze Kanzleigesindel und dachte: Wenn ihr wüßtet, wer hier unter euch sitzt! Herrgott, was das für einen Aufruhr gäbe, und der Abteilungsleiter selbst würde sich vor mir bis zum Gürtel verneigen, wie er's jetzt vor dem Direktor tut. Man legte mir irgendwelche Akten vor, damit ich Auszüge aus ihnen mache. Aber ich rührte keinen Finger. Nach einigen Minuten geriet alles in Aufregung: Es hieß, der Direktor komme. Viele Beamte liefen hin und her, um sich vor ihm zu zeigen. Ich aber rührte mich nicht von der Stelle. Als er durch unsere Abteilung schritt, begann ein großes Fräckezuknöpfen; ich – nichts dergleichen! Was ist schon ein Direktor! Sollte ich vor ihm aufstehen? Niemals! Was ist er überhaupt für ein Direktor? Ein Korken ist er, aber kein Direktor. Ein ganz gewöhnlicher Korken, ein simpler Korken, nichts weiter. So einer, womit man Flaschen zustöpselt. Am meisten belustigte es mich, als sie mir ein Schriftstück zum Abzeichnen hinschoben. Sie dachten wohl, ich werde ganz unten auf dem Blatt schreiben: Tischvorsteher Soundso. Warum nicht gar! Nein, ich schrieb an der prominentesten Stelle, dort, wo der Direktor des Departements zu unterzeichnen pflegt, in einem Zug: »Ferdinand VIII.« Man muß gesehen haben, was für ein ehrfürchtiges Schweigen auf einmal eintrat; doch ich winkte bloß mit der Hand, sagte: »Bitte keine Untertänigkeitsbezeugungen!« und ging hinaus. Von dort begab ich mich geradewegs zur Wohnung des Direktors. Er war nicht zu Hause. Der Lakai wollte mich nicht vorlassen, doch da hab ich ihm was geflüstert – der ließ nur noch die Arme sinken. Ich drang bis ins Boudoir vor. Sie saß vor dem Spiegel, sprang auf und wich vor mir zurück. Ich eröffnete ihr jedoch nicht, daß ich der König von Spanien sei. Ich sagte ihr nur, daß sie ein Glück erwarte, wie sie es sich nicht einmal erträumen könne, und daß wir, trotz aller Intrigen der Feinde, bald vereint seien. Mehr wollte ich nicht sagen, und ging hinaus. O dieses hinterlistige Geschöpf – das Weib! Erst jetzt habe ich erfahren, was das Weib ist. Bisher hat noch niemand gewußt, in wen sie verliebt ist, das habe ich als erster entdeckt. Das Weib ist in den Teufel verliebt. Ja, ich scherze nicht. Die Ärzte schreiben lauter Unsinn zusammen, wenn sie behaupten, sie sei so oder so – nein, sie liebt allein den Teufel. Schauen Sie doch nur, da sitzt sie in der Loge, im ersten Rang, und blickt durch die Lorgnette. Sie glauben wohl, daß sie auf jenen dicken Herrn mit dem Ordensstern schaut? Weit gefehlt! Sie blickt auf den Teufel, der hinter seinem Rücken steht. Da – jetzt hat er sich bei ihm im Frack versteckt. Da – jetzt winkt er ihr von dort aus mit dem Finger! Und sie wird ihn heiraten. Das ist sicher. Und alle diese beamteten Väter, sie alle, die überall scharwenzeln und bei Hofe kriechen und sagen, sie seien Patrioten und noch so allerlei: Pfründe wollen diese Patrioten, nichts als Pfründe! Die eigene Mutter, den Vater, Gott selbst verkaufen sie für Bares, diese Ehrgeizlinge, diese Judasse! Das macht alles der Ehrgeiz, und der Ehrgeiz kommt daher, weil unter der Zunge ein kleines Bläschen sitzt, und in diesem Bläschen ein winziger Wurm, nicht größer als ein Stecknadelkopf, und dies alles hat ein gewisser Barbier in Gang gesetzt, der in der Gorochowaja wohnt. Ich erinnere mich nicht an seinen Namen; doch es ist verbürgt, daß er, gemeinsam mit einer Hebamme, in der ganzen Welt den Islam verbreiten will, und darum soll sich, so heißt es, in Frankreich bereits ein großer Teil des Volkes zu Mohammed bekennen.

Am Niemandstag.
Der Tag hat kein Datum.

Auf dem Newskij Prospekt inkognito spazierengegangen. Seine Majestät der Kaiser fuhr vorbei. Die ganze Stadt nahm die Mütze ab, ich auch; doch ließ ich mir nicht anmerken, daß ich der König von Spanien bin. Ich hielt es für unangebracht, mich so, vor allen Leuten, zu offenbaren; zuallererst nämlich muß ich mich bei Hofe vorstellen. Davon hat mich bis jetzt nur der Umstand abgehalten, daß ich kein königliches Gewand besitze. Wenn ich mir wenigstens eine Mantille verschaffen könnte! Ich wollte mir schon eine beim Schneider bestellen, doch diese Schneider sind große Esel, und außerdem vernachlässigen sie ihre Arbeit, sind in Affären verwickelt und größtenteils damit beschäftigt, die Straßen zu pflastern. Ich entschloß mich, die Mantille aus meiner neuen Dienstuniform zu machen, die ich erst zweimal getragen habe. Aber damit diese Schufte sie mir nicht verderben, beschloß ich, sie selbst zu nähen, bei verriegelter Tür, so daß mich niemand sehen kann. Ich habe sie mit der Schere ganz zerschnitten, weil der Schnitt ja doch ein völlig anderer sein muß.

Weiß nicht, welches Datum. Ohne Monat.
Weiß der Teufel, wann das war.

Die Mantille ist vollkommen fertig. Mawra schrie auf, als ich sie mir umlegte. Dennoch kann ich mich noch nicht entschließen, mich bei Hofe vorzustellen: Die Deputation aus Spanien ist noch nicht eingetroffen. Ohne Deputation wäre es unschicklich. Meine Würde hätte keinerlei Gewicht. Ich erwarte sie von Stunde zu Stunde.

Am 1.

Die Säumigkeit der Deputierten erstaunt mich sehr. Was für Gründe mögen sie aufgehalten haben? Womöglich Frankreich? Ja, das ist der mißgünstigste aller Staaten. Ich ging, mich auf der Post zu erkundigen, ob die spanischen Deputierten noch nicht eingetroffen seien. Aber der Postmeister ist unwahrscheinlich dumm, er weiß überhaupt nichts. »Nein«, sagte er, »hier sind keine spanischen Deputierten, aber wenn Sie einen Brief aufzugeben wünschen, so werden wir ihn zum festgesetzten Kurs befördern.« Hol's der Teufel! Wozu denn einen Brief? Briefe sind Unsinn. Apotheker schreiben Briefe...

Madrid, am 30. Februario

Also, ich bin in Spanien, und das ging so schnell, daß ich kaum zu mir kam. Heute in der Früh erschienen bei mir die spanischen Deputierten, und ich bestieg mit ihnen den Wagen. Die ungewöhnliche Geschwindigkeit erschien mir sehr bemerkenswert. Wir fuhren derart schnell, daß wir bereits nach einer halben Stunde die spanische Grenze erreichten. Übrigens gibt es ja jetzt in ganz Europa eiserne Straßen, und die Dampfer darauf fahren außerordentlich geschwind. Ein merkwürdiges Land, dieses Spanien! Als wir ins erste Zimmer traten, erblickte ich eine Menge Menschen mit kahlgeschorenen Köpfen. Ich erriet jedoch gleich, daß das Granden sein müssen oder Soldaten, denn die pflegen sich ja ihre Köpfe rasieren zu lassen. Sehr sonderbar schienen mir die Umgangsformen des Staatskanzlers zu sein, der mich an der Hand führte; er stieß mich in ein kleines Zimmer hinein und sagte: »Da setz dich, und wenn du dich nochmal König Ferdinand nennst, werd ich dir diese Laune schon ausprügeln.« Aber da ich wohl wußte, daß er mich damit nur auf die Probe stellen wollte, widersprach ich sofort, worauf mich der Kanzler mit dem Stock zweimal so schmerzhaft auf den Rücken schlug, daß ich beinah aufgeschrien hätte; aber ich beherrschte mich, weil ich mich daran erinnerte, daß dies ein ritterlicher Brauch beim Antritt eines hohen Amtes sei, und die Bräuche des Rittertums haben in Spanien ja heute noch Geltung. Alleingeblieben, beschloß ich, mich den Staatsgeschäften zu widmen. Ich entdeckte, daß China und Spanien völlig ein und dasselbe Land sind und nur aus reiner Unbildung für verschiedene Staaten gehalten werden. Ich rate jedem, einmal auf ein Stück Papier das Wort »Spanien« zu schreiben – es wird dabei immer »China« herauskommen. Große Sorgen macht mir allerdings ein Ereignis, das morgen stattfinden wird. Morgen nämlich, um sieben Uhr, wird sich etwas Merkwürdiges vollziehen: Die Erde wird sich auf den Mond setzen. Darüber schreibt auch der berühmte englische Chemiker Wellington. Ich muß gestehen, ich empfinde eine lebhafte Unruhe in meinem Herzen, wenn ich mir die ungewöhnliche Zartheit und Zerbrechlichkeit des Mondes vor Augen führe. Der Mond wird gewöhnlich in Hamburg gemacht, und zwar hundsmiserabel. Ich wundere mich immer, daß England dieser Tatsache keinerlei Aufmerksamkeit schenkt. Gemacht wird er von einem lahmen Küfer, und es ist nur zu deutlich, daß dieser Esel über keinerlei Vorstellung vom Monde verfügt. Er benutzt dazu ein geteertes Seil und etwas Baumöl; und davon herrscht auf der Erde ein so fürchterlicher Gestank, daß man sich die Nase zuhalten muß. Aus diesem Grunde ist auch der Mond selbst eine so zarte Kugel, daß Menschen dort nicht leben können, sondern ausschließlich Nasen. Und deshalb können wir auch unsere eigenen Nasen nicht sehen, denn sie befinden sich ja alle auf dem Mond. Und als ich mir vorstellte, was für ein schwerer Körper die Erde ist und wie beim Sichdraufsetzen auf den Mond unsere Nasen zu Mehl zermahlen würden, da bemächtigte sich meiner eine solche Unruhe, daß ich Strümpfe und Schuhe anzog und mich eiligst in den Saal des Staatsrates begab, um der Polizei den Befehl zu erteilen, zu verhindern, daß sich die Erde auf den Mond setze. Die kahlgeschorenen Granden, die ich im Sitzungssaal in großer Zahl vorfand, waren sehr gescheite Leute, und als ich sagte: »Meine Herren, retten wir den Mond, die Erde will sich auf ihn setzen«, da stürzten sie alle sofort los, um meinen königlichen Wunsch zu erfüllen, und viele kletterten die Wände hinauf, um den Mond herabzuholen; allein in diesem Augenblick trat der Großkanzler ins Zimmer. Als sie ihn erblickten, liefen alle davon. Ich, als der König, blieb allein zurück. Doch zu meiner Verwunderung schlug mich der Kanzler mit dem Stock und jagte mich in mein Zimmer. Solche Macht haben in Spanien die Volksbräuche!

Im Januar desselben Jahres,
welches auf den Februar folgte.

Immer noch kann ich nicht begreifen, was das für ein Land ist, dieses Spanien. Die Volksbräuche und die Hofetikette sind außerordentlich merkwürdig. Ich verstehe es nicht, ich verstehe rein gar nichts. Heute hat man mir den Kopf geschoren, obwohl ich aus Leibeskräften schrie, ich wolle kein Mönch werden. Ich kann mich jedoch nicht mehr erinnern, was mit mir geschah, als man damit begann, mir kaltes Wasser auf den Kopf tropfen zu lassen. Eine solche Höllenqual habe ich noch nie erlebt. Ich war nahe daran, in Raserei zu geraten, man konnte mich gerade noch festhalten. Die Bedeutung dieses seltsamen Brauches begreife ich ganz und gar nicht. Ein dummer, sinnloser Brauch! Die Unvernunft der Könige, die ihn bis heute nicht abgeschafft haben, ist mir unbegreiflich. Aller Wahrscheinlichkeit nach, so vermute ich jedenfalls, bin ich in die Hände der Inquisition gefallen, und der, den ich für einen Kanzler hielt, ist niemand anderer als der Großinquisitor selbst. Doch vermag ich noch immer nicht zu begreifen, wie ein König der Inquisition verfallen kann. Sicher, von Seiten Frankreichs, und insbesondere Polignacs, wäre das durchaus möglich. Oh, diese Bestie Polignac! Er hat mir geschworen, mich bis in den Tod mit seinen Schandtaten zu verfolgen. Und nun hetzt und hetzt er mich. Aber ich weiß zu gut, Freundchen, daß dich der Engländer am Gängelband führt. Der Engländer ist ein großer Politiker. Der hat überall seine Hände im Spiel. Das weiß doch die ganze Welt: Wenn England schnupft, muß Frankreich niesen.

Am 25.

Heute kam der Großinquisitor in mein Zimmer; ich aber, als ich seine Schritte hörte, verbarg mich unter dem Stuhl. Als er mich nicht sah, begann er zu rufen. Zuerst schrie er: »Poprischtschin!« Ich blieb mucksmäuschenstill. Dann: »Aksentij Iwanow! Titularrat! Edelmann!« Ich schwieg noch immer. »Ferdinand VIII., König von Spanien!« Ich wollte schon den Kopf hervorstrecken, aber dann dachte ich: Nein, mein Lieber, du führst mich nicht mehr an! Ich kenne dich: Du willst mir nur wieder kaltes Wasser über den Kopf gießen. Aber da hatte er mich erblickt und trieb mich mit dem Stock unter dem Stuhl hervor. Diese verdammten Stockschläge tun fürchterlich weh. Aber für all das wurde ich durch meine heutige Entdeckung entschädigt: Ich erkannte, daß jeder Hahn ein Spanien hat, und zwar befindet es sich unter seinen Federn. Der Großinquisitor verließ mich indessen im Zorn und drohte mir mit einer Strafe. Aber ich schenkte seiner ohnmächtigen Wut keine Beachtung, denn ich wußte ja, daß er nichts als eine Maschine ist, ein Werkzeug in Händen der Engländer.

A 34. d Mts. Jrs, 349. Februar

Nein, ich habe keine Kraft mehr, das länger zu ertragen. Gott, was die mit mir machen! Sie gießen mir kaltes Wasser über den Kopf! Sie beachten mich gar nicht, sie sehen und hören mich nicht. Was hab ich ihnen denn getan? Warum quälen sie mich so? Was wollen sie von mir Armem? Was kann ich ihnen denn geben? Ich habe ja nichts. Ich habe keine Kraft mehr, ich kann ihre Quälereien nicht mehr ertragen; mein Kopf brennt und alles dreht sich vor meinen Augen. Rettet mich! Bringt mich fort von hier! Gebt mir eine Trojka mit Pferden, so schnell wie ein Wirbelwind! Setz dich, mein Kutscher, klingle, mein Glöckchen, stürmt los, meine Pferde, und tragt mich fort aus dieser Welt! Weiter, immer weiter, damit ich nichts mehr sehen muß, nichts. Da wölbt sich schon der Himmel über mir; in der Ferne flimmert ein Stern; der Wald mit seinen dunklen Bäumen und dem Mond darüber fliegt vorbei; grauer Nebel breitet sich zu meinen Füßen, und im Nebel klingt ein Saitenton; auf der einen Seite liegt das Meer, auf der anderen Italien; und jetzt sieht man auch Rußlands Hütten. Ist das mein Elternhaus, das da in der Ferne erscheint? Ist das meine Mutter, die dort am Fenster sitzt? Ach, liebe Mutter, rette deinen armen Sohn! Laß deine Tränen fallen auf sein armes Haupt! Sieh, wie sie ihn quälen! Drück es an deine Brust, dein armes

Waisenkind! Es hat keinen Platz auf dieser Welt! Sie hetzen ihn! Liebe Mutter, erbarme dich deines kranken Kindes!... Wissen Sie übrigens, daß der Bey von Algier direkt unter der Nase eine Warze hat?

Nachwort

Wenn wir auf das 19. Jahrhundert der russischen Literatur zurückblicken, dann sehen wir Sterne, die allmählich verblassen, andere aber, die von ihrer Leuchtkraft nichts verloren haben. Zu diesen wird neben Puschkin, Tolstoi und Dostojewskij immer auch Nikolai Gogol gehören. Er war die seltsamste Erscheinung unter all den wunderbaren russischen Erzählern, ein Kafka ukrainischer Herkunft, geboren ein dreiviertel Jahrhundert vor dem Prager Verfasser des »Hungerkünstlers«. In St. Petersburg, in dieser auf Sümpfen künstlich errichteten Stadt des Nebels und der Phantome, brachte er ein Werk zur höchsten Blüte, in dem eher Tote als Lebende, eher Wahnsinnige als Normale die Hauptrolle spielen. Dostojewskij, der selbst mit der Welt der Dämonen bestens vertraut war und von allen russischen Autoren des vergangenen Jahrhunderts am stärksten in die Zukunft weist, wird der Satz zugesprochen: »Wir kommen alle von Gogols ›Mantel‹ her«. Gerade in dieser Novelle erweist sich Gogols erzählerisches Talent. Als der kleine verspottete Kanzleischreiber, der sich so sehr nach einem Mantel als Symbol menschlicher Wärme sehnt, in den verzweifelten Ruf ausbricht: »Lassen Sie mich doch, warum beleidigen Sie mich?« und dabei unausgesprochen die Worte mitschwingen: »Ich bin doch dein Bruder«, da hätte die Erzählung bei einem schwächeren Autor leicht zu einem Rührstück abgleiten können. Doch diese Gefahr droht bei Gogol in keinem Augenblick. Immer ist das Geschehen eingebettet in einen alles tragenden Humor und wird bewegt durch ein ständiges Pendeln zwischen Realem und Surrealem.

Ähnliches geschieht in der Novelle »Die Nase«. Hier zeigt Gogol, wie der Verlust eines Körperteils die gesamten Grundlagen der Existenz, alles, was bis dahin als selbstverständlich und unabänderlich angenommen wurde, erschüttern kann. Natürlich war man hier mit psychoanalytischen Deutungen rasch bei der Hand: der Verlust der Nase als latent vorhandene Kastrationsangst. Das eigentlich Bedrohliche aber ist: nicht ein Teil der Wirklichkeit wird hier in Frage gestellt, sondern die Wirklichkeit selbst.

Der Ärger mit der Zensur war damit unvermeidlich. Dazu ein Beispiel von vielen, damit der heutige Leser sich vorstellen kann, unter welchen Umständen Gogol arbeiten mußte: In der ursprünglichen Fassung läßt er die Nase in die Kasaner Kathedrale gehen und sich vor den Ikonen im Gebet verneigen. Das war für die zaristische Zensur eine eindeutige Gotteslästerung. Also mußte aus der Kirche ein Kaufhof werden – die Verrenkungen, die der Autor daraufhin ausführen mußte (und mit ihm die älteren Übersetzer, die noch den verstümmelten Text vor Augen hatten und ihn fälschlicherweise für authentisch hielten), kann man sich vorstellen. In der Sowjetzeit wurde dieser Eingriff wieder rückgängig gemacht, denn ideologisch paßte die Kirche als Schauplatz einer Nasen-Jagd problemlos ins Konzept.

Schwerwiegender als die von der Zensur auferlegten Korrekturen war jedoch jene, die Gogol aus freien Stücken an der Gesamtkonzeption der Erzählung vornahm und die uns heute seine außerordentliche Modernität verdeutlicht. In der ursprünglichen, für den »Moskauer Beobachter« bestimmten Fassung wurde der phantastische Charakter des Geschehens damit erklärt, daß Kowaljow alles nur im Traum erlebt habe. Als Gogol seine Erzählung später für den »Zeitgenossen« umarbeitete, verzichtete er auf diese traditionelle Darstellungsweise. Kowaljow kehrt jetzt nicht mehr aus einer Traumwelt in die beruhigende Wirklichkeit zurück. Dem Geschehen wird somit nichts von seiner Unheimlichkeit genommen. Der Leser bleibt allein, ohne den Trost einer alles wieder ins Lot bringenden Erklärung.

Auch im »Tagebuch eines Wahnsinnigen« griff die Zensur ein. Um die Erzählung überhaupt zu retten, mußte Gogol, wie er Puschkin 1834 in einem Brief mitteilte, einige der besten Stellen opfern. Dank des erhaltengebliebenen Konzepts konnte der ursprüngliche Text wiederhergestellt werden.

Vieles in dieser Erzählung trägt nur scheinbar phantastischen Charakter. So bedeutete im damaligen Rußland die Zugehörigkeit zu einem bestimmten Rang gleichzeitig die Einordnung in eine Hierarchie, aus der es im allgemeinen kein Entkommen gab. Das Leiden des Beamten Poprischtschin erhält damit einen ganz konkreten Hintergrund. Auch die politischen Vorgänge in Spanien, die traurige Welt der kleinen Beamtenschaft, die gesellschaftlichen Regeln, die behördlichen Verordnungen und Verbote – all diese Rahmenbedingungen sind für den Einzelnen unabänderliche Gegebenheiten, die sein Leben vorausbestimmen. Wer glaubt, sich über sie hinwegsetzen zu können, zerbricht an ihnen. Und wer sich in das Reich der Idealität flüchtet oder sich an Wunschvorstellungen klammert, stellt sich selbst in ein gefährliches Abseits.

Gerade die fatale Verwechslung von Schein und Sein ist es, die Poprischtschin in den Irrsinn treibt. Und das alles wird wie ein Teig aufgetrieben durch die Hefe eines Minderwertigkeitskomplexes, der zu seiner Bewältigung ein bis zum Größenwahn sich steigerndes Omnipotenzgefühl benötigt. Wer einmal bis zu diesem Punkt gelangt ist, hat die Chance zur Rückkehr verspielt. Einmal erleben, wie sich statt der Nase nur noch eine glatte Stelle im Gesicht befindet, einmal seinen »Mantel« verlieren, einmal erkennen, daß das Glück für immer unerreichbar bleibt – und der Bruch ist endgültig. Der Mensch verliert sich in einem Niemandsland und flieht in Krankheit, Wahnsinn und Tod.

Gogols Kunst ist nicht zweckbestimmt. Sein Werk ist nicht der sogenannten engagierten Literatur zuzurechnen. Daran ändern auch nichts die zahlreichen Stellen, die deutlich gegen Despotismus und sozialen Mißstand gerichtet sind. Gogols eigentliches Talent äußert sich vielmehr in seiner »ornamentalen« Prosa. Seine Menschen sind Figuren ohne wirkliche Tiefendimension, sie agieren wie Marionetten – vielleicht Reminiszenzen an die ländlichen Theaterspiele seiner ukrainischen Kindheit. Es gibt bei diesem Dichter keine tragischen Konflikte und keine läuternden Entwicklungen. Aber immer will er, der begabteste »Lügner« und Geschichtenerfinder der russischen Literatur, seine Leser vom Weg der Lüge fort auf den Pfad der Wahrheit führen. Wahrheit aber nicht als Ziel, sondern als Weg. Wie schwer dieser Weg zu gehen ist, mußte er schließlich selbst erfahren. Von einem schwermütigen Mystizismus gequält, verwirft er am Ende seines Lebens sein gesamtes literarisches Werk, verbrennt den zweiten Teil des Romans »Die toten Seelen« und verweigert bis zu seinem Tode jegliche Nahrungsaufnahme.

Heute strahlt der Stern dieses großen Zauberkünstlers der Literatur mit ungeahnter Leuchtkraft; aber die eigentliche Quelle dieses Lichterspiels bleibt ein Rätsel bis auf den heutigen Tag.

Kay Borowsky

Kleine Erzähler-Bibliothek

Bisher erschienen:

Theodor Storm: Aquis submersus
Adalbert Stifter: Abdias
Herman Melville: Benito Cereno
Jack London: Der Ruf der Wildnis
Alexander Puschkin: Der Schneesturm
Wilhelm Hauff: Die Karawane
Iwan S. Turgenjew: Erste Liebe
Theodor Fontane: Grete Minde
Guy de Maupassant: Pariser Abenteuer
Joseph Conrad: Herz der Finsternis
Mark Twain: Der gestohlene weiße Elefant
Nikolai Leskow: Am Ende der Welt
Franziska zu Reventlow: Amouresken
O. Henry: Unschuldsengel vom Broadway
Johann P. Hebel: Der vorsichtige Träumer
Edgar Allan Poe: Das verräterische Herz
Nikolai Gogol: Tagebuch eines Wahnsinnigen
Georg Heym: Der Dieb
Franz Kafka: Ein Hungerkünstler
O. Wilde: Der Glückliche Prinz
Oskar Panizza: Ein skandalöser Fall
Stephen Crane: Maggie, das Straßenkind
Berthold Auerbach: Der Tolpatsch
Émile Zola: Für eine Liebesnacht
Fjodor M. Dostojewski: Weiße Nächte
Anton Tschechow: Der Mensch im Futteral
Honoré de Balzac: Der Pfarrer von Tours
Arthur Schnitzler: Casanovas Heimfahrt
Lew Tolstoi: Die Kreutzersonate
Henry James: Die Teuflischen